Federico García Lorca

大方
sight

Federico García Lorca

不可能的戏剧：洛尔迦先锋戏剧三种

洛尔迦作品集

汪天艾 主编

[西]费德里科·加西亚·洛尔迦 著

卜珊 译

中信出版集团｜北京

图书在版编目（CIP）数据

不可能的戏剧：洛尔迦先锋戏剧三种 /（西）费德里科·加西亚·洛尔迦著；卜珊译 . -- 北京：中信出版社, 2024.12. -- ISBN 978-7-5217-6895-4

I . I551.35

中国国家版本馆 CIP 数据核字第 202499UM24 号

不可能的戏剧：洛尔迦先锋戏剧三种

著者： ［西］费德里科·加西亚·洛尔迦
译者： 卜 珊
出版发行：中信出版集团股份有限公司
（北京市朝阳区东三环北路 27 号嘉铭中心　邮编 100020）
承印者： 保定市中画美凯印刷有限公司

开本：720mm×1000mm 1/32　　印张：10.25　字数：130 千字
版次：2024 年 12 月第 1 版　　印次：2024 年 12 月第 1 次印刷
书号：ISBN 978-7-5217-6895-4
定价：55.00 元

版权所有·侵权必究
如有印刷、装订问题，本公司负责调换。
服务热线：400-600-8099
投稿邮箱：author@citicpub.com

主编的话

> 你看他这时走了过来
> 像集中了所有的结局和潜力
> 他也是一个仍去受难的人
> 你一定会认出他杰出的姿容
> ——张枣《薄暮时分的雪》

一九三六年那个严酷的夏天,西班牙内战爆发后的第一个月,艺术家费德里科·加西亚·洛尔迦的声音永远埋灭于家乡的乱岗。

> 谁都看见他在枪炮中间,
> 走下冷清的村子旁边
> 迢遥的道路,

在星光稀微的晨曦中。

在最初的光线里，

他们射杀了费德里科。

这些谋杀的匪徒，

不敢看一看他的脸面。

他们全都闭下了他们的两眼。

安东尼奥·马查多是这样写的，此处所引汉译本出自民国诗人高寒之手，1938年7月发表在"中华全国文艺届抗敌协会"会刊《抗战文艺》时——那时，中华民族也正为自己的反法西斯事业浴血而战，而洛尔迦的名字与围绕他的有力哀悼已经来到中国读者面前。后来，戴望舒所译《诗钞》经施蛰存整理出版，来自安达卢西亚沙地与橄榄树的声音在北岛、顾城、芒克等诗人的肺腑间重生；后有西语译坛泰斗赵振江老师等译家对洛尔迦的诗歌和《血婚》等代表剧作进行了更为全面的译介。

珠玉在前，今次的"洛尔迦作品集"将陆续推出他的先锋戏剧三部曲、演讲录、访谈录和书信集，集中译介此前在汉语世界中仅少量散见的文本。这些文本不仅有场景、有声音、有身体表现，也是有明确且具体受众的讲与听的互动。他在作品首演的舞台上，在田间地头，在工厂和护士学校里，表达着自己对文学创作与社会情势、历史感受与身体经验的思考。对于已在中国读者群中有悠久影响力的洛尔迦其人其作，我们希望这是一次复读亦是重识，通过洛尔迦对自身创作和艺术实践的思考，追溯他猝然中止的生命中某种精神性的存在，直到那高于生死的岿然不动的形体显形出来，凝定在纸页上。此外，我们还将根据西班牙出版的官方定典版诗全集底本首次为读者呈现洛尔迦的诗歌作品全本。这套作品集是对已有洛尔迦作品汉译的扩容和补白，希望奉献给读者一个叠加在夜曲诗人、殉道者、安达卢西亚文化代言人之上的更为复杂、更为丰富也更为亲密洪亮的洛尔迦。

洛尔迦的生前身后留下了无尽遗憾,其中常为全世界的洛尔迦研究者扼腕的一大憾事,便是没有现存任何录音带保留下他那传奇般的声音。虽然他生前在西班牙和拉美都常有电台访问或现场演讲,录音带几乎都在席卷大洋两岸的战火与社会动荡中遗失。豪尔赫·纪廉曾说:"洛尔迦寻找的不是读者,而是听众。"那么,亲爱的读者,呈现在你们面前的这套书,是他有声的艺术思考与实践,愿每个热爱洛尔迦的人都能成为他的听众,穷尽想象去复写他的声纹。

*

感谢为这套作品集付出无限才情与心力的几位译者,他们在成为洛尔迦热切亦专业的研究者之前,早已是他深情的听众,将他的声音糅进了自己的骨血。感谢最早鼓励我主编这套书的作家赵松,感谢心倾弗拉门戈艺术的出版人蔡欣全然的信任,感谢编辑引弘的巧思与细致。

谨以这套"洛尔迦作品集"献给我们早逝的朋友胡续冬。大约十年前,他为自己指导的一篇关于洛尔迦的硕士论文向我问起精魂理论,并感叹洛尔迦尚余太多对艺术理念的思考和书写值得译介。

——胡子,那时我们讨论过的文本,这一次都译出来了,还多了很多你会喜欢的。

"明月出天山,苍茫云海间。"

愿你已在月亮升起的地方解开了耳朵,解开了大地肮脏的神经,正与我们的费德里科一起,宣读着每个不可思议的夜。[*]

汪天艾

二〇二四年十月末

---

[*] 末段改写自张枣《夜》

目　录

堂佩尔林布林和贝莉莎在花园中的爱情	1
人物	3
第一场	5
第二场	15
第三场	30
第四场	38
观众	53
第一场	55
第二场　罗马废墟	71
第三场	83
第五场	118
牧人波波的独角戏	137
第六场	140

就这样过五年 　　　　　　　　　153

　人物　　　　　　　　　　　　155

　第一幕　　　　　　　　　　　157

　第二幕　　　　　　　　　　　199

　第三幕　　　　　　　　　　　235

　　第一场　　　　　　　　　　235

　　终场　　　　　　　　　　　266

导读：孤勇求真的舞台——洛尔迦先锋戏剧探微　　283

堂佩尔林布林和贝莉莎
在花园中的爱情

四场情色赞歌
（小剧场戏剧）

人　物

堂佩尔林布林

贝莉莎

玛尔科尔法

贝莉莎之母

精灵甲

精灵乙

第一场

(堂佩尔林布林的家。绿色的墙壁,椅子和家具都漆成黑色。舞台深处,有一个阳台,从那里可以看到贝莉莎的阳台。佩尔林布林身穿绿色礼服,戴着满是发卷的假发。女仆玛尔科尔法穿着经典的条纹衣服。)

佩尔林布林:是吗?

玛尔科尔法:是呀。

佩尔林布林:可为什么说"是"呢?

玛尔科尔法:因为就是"是"呀。

佩尔林布林:要是我跟你说"不"呢?

玛尔科尔法:(不快地)不吗?

佩尔林布林:不。

玛尔科尔法： 我的先生，那请您告诉我说"不"的原因。

佩尔林布林：（停顿）那么你这一根筋的家仆，告诉我你非要说"是"的原因。

玛尔科尔法： 二十加二十等于四十……

佩尔林布林：（听着）接着说。

玛尔科尔法： 再加十得五十。

佩尔林布林： 继续。

玛尔科尔法： 到了五十岁，一个人可就不再是孩子了。

佩尔林布林： 那是当然。

玛尔科尔法： 我随时都有可能死去。

佩尔林布林： 得了吧！

玛尔科尔法：（哭泣着）独自一人在这世上您又会成为什么？

佩尔林布林： 会成为什么？

玛尔科尔法： 所以您得结婚啊。

佩尔林布林：（心不在焉）是吗？

玛尔科尔法：（起劲儿地）是呀。

佩尔林布林：（闷闷不乐地）可是玛尔科尔法……为什么要说"是"呢？当我还是个孩子的时候，有个女人勒死了她的丈夫。那男人是个鞋匠。我至今都没忘。我一直都想干脆不结婚。我有我的那些书就够了。结婚对我来说又有什么用？

玛尔科尔法：婚姻还是很让人着迷的，我的先生。它并不是外面看到的那个样子，而是充满了隐秘的东西。那些东西可不应该由一个用人说出来……其实都看得出来……

佩尔林布林：怎么了？

玛尔科尔法：我脸都红了。

（停顿。传来钢琴的声音。）

声　　音：　　（在里面唱着歌）

爱情啊，爱情，

在我夹紧的大腿之间

太阳像鱼儿般游动。

爱情啊，

灯芯草丛间温热的水。

公鸡啊，黑夜就要离去！

不，不要让它离去！

玛尔科尔法：先生您会看到我说得很有道理。

佩尔林布林：（挠挠脑袋）唱得不错。

玛尔科尔法：那就是我们先生的佳人啊，那白白净净的贝莉莎。

佩尔林布林：贝莉莎……不过是不是最好……

玛尔科尔法：别……别让她现在就来。（牵起佩尔林布林的手，二人走近阳台。）您就说"贝莉莎"……

佩尔林布林：贝莉莎……

玛尔科尔法：大声点儿。

佩尔林布林： 贝莉莎！……

（对面房子的阳台门被打开，贝莉莎出现，她衣着暴露，美得光彩照人。）

贝莉莎： 　　谁在叫我？

玛尔科尔法：（躲在阳台的窗帘后面）您快回答呀。

佩尔林布林：（颤抖着）是我在叫您呢。

贝莉莎： 　　是吗？

佩尔林布林： 是呀。

贝莉莎： 　　可是为什么要说"是"呢？

佩尔林布林： 因为事实如此呀。

贝莉莎： 　　万一我跟您说"不"呢？

佩尔林布林： 我会很遗憾……因为……我们已经决定了，我想要结婚了。

贝莉莎： 　　（笑）跟谁呀？

佩尔林布林： 跟您……

贝莉莎： 　　（严肃地）可是……（大声地）妈妈，

妈妈,妈妈呀。

玛尔科尔法: 这进展不错啊。

(贝莉莎之母上场,戴着满是发卷、丝带和珠串的十八世纪风格的假发。)

贝莉莎: 堂佩尔林布林想跟我结婚。我该怎么办?

母 亲: 下午好啊,我可爱的邻居。我总跟我可怜的女儿说,您诙谐幽默又风度翩翩,这都得自您的母亲,她可是位了不起的夫人,只可惜我还没有那份荣幸来结识她。

佩尔林布林: 谢谢!……

玛尔科尔法: (在窗帘后,生气地) 我已决定……!快说啊!

佩尔林布林: 我们已经决定,我们要……

母 亲: 缔结婚姻,是不是呀?

佩尔林布林： 正是如此。

贝莉莎： 可是妈妈……那我呢？

母　亲： 你自然是同意的了。堂佩尔林布林是一个招人喜欢的丈夫。

佩尔林布林： 我希望成为那样的丈夫，夫人。

玛尔科尔法： （招呼堂佩尔林布林。）几乎大功告成了。

佩尔林布林： 你这么认为？（二人交谈。）

母　亲： （对贝莉莎）堂佩尔林布林有很多土地。在那些土地上养着很多绵羊和鹅。绵羊都被带到市场上。在市场上很多人出钱买那些羊呢。有了钱就可以打扮得更漂亮……而美貌会让男人们垂涎欲滴。

佩尔林布林： 那么说……

母　亲： 真是太激动了……贝莉莎……快到里面去吧……有些话让个姑娘听见可不太合适。

贝莉莎： 回头见……（离开。）

母　亲： 她就是一朵百合花啊……您看她的脸蛋儿。（压低声音）您要是能看到里面的东西……简直如同蜜糖一般！……不过……抱歉啊！我一般不大会向您这样新派而优秀的人自卖自夸……

佩尔林布林： 是吗？

母　亲： 是呀……我可一点儿没开玩笑。

佩尔林布林： 我都不知道要怎样向您表达我们的感谢……

母　亲： 噢！……我们的感谢……真是太客气了。您亲自致谢，发自您内心的谢意……我明白……我明白……尽管我已经有二十年没跟男人打交道了。

玛尔科尔法： 婚礼……

佩尔林布林： 婚礼……

母　　亲：您想怎样都成……虽然……（拿出一条手帕，哭了起来。）所有母亲都会这样的……再见……（离开。）

玛尔科尔法：总算成了！

佩尔林布林：哎呀，玛尔科尔法，玛尔科尔法，我这是要进到一个怎样的世界里去啊！

玛尔科尔法：进入婚姻的世界啊。

佩尔林布林：老实跟你讲，我现在好渴啊……你怎么不给我拿水来？

（玛尔科尔法走近他，凑到他耳边跟他说了什么。）

佩尔林布林：这谁能信啊？

（传来钢琴声。剧场陷入一片昏暗。贝莉莎拉开阳台的窗帘。她慵懒地唱着歌，身体几乎都裸露着。）

贝莉莎的声音: 爱情啊,爱情!

在我夹紧的大腿之间

太阳像鱼儿般游动。

玛尔科尔法: 美丽的姑娘啊!

佩尔林布林: 如同蜜糖一般!……内里洁白无瑕。她会勒死我吗?

玛尔科尔法: 如果及时被吓唬住,女人通常都是很柔弱的。

贝莉莎的声音: 爱情啊!

公鸡啊,黑夜就要离去!

不,不要让它离去。

佩尔林布林: 玛尔科尔法说什么呢?她在说什么?(玛尔科尔法笑起来。)我到底是怎么了?……这是什么呀?

(钢琴声仍在继续。阳台处掠过一群黑色纸做的鸟。)

第二场

(堂佩尔林布林的客厅。舞台中央有一张带华盖和羽饰的大床。墙上有六扇门。堂佩尔林布林从右边第一扇门上场、下场。这是新婚第一夜。)

(玛尔科尔法拿着一支烛台,出现在左边第一扇门处。)

玛尔科尔法: 晚安。
贝莉莎的声音: 再见,玛尔科尔法。

(佩尔林布林衣着光鲜地上场。)

玛尔科尔法: 愿我的主人有个美好的新婚之夜。
佩尔林布林: 再见,玛尔科尔法。

（玛尔科尔法离开。佩尔林布林踮着脚尖走向对面的房间，在门口张望。）

> 贝莉莎……你身上那么多花边看起来活像一朵浪花，你都让我害怕了，就像我小时候大海让我害怕一样。自打你从教堂来到这里，我家里就充满了暗地流传的谣言，水在杯子里自己就变得温吞吞的了……唉！佩尔林布林……你在哪儿呀，佩尔林布林？（踮着脚尖离开。）[1]

（贝莉莎出现，身穿一件大大的缀满蕾丝花边的睡衣。一块大大的头纱披在头上，头纱镶满花边，如瀑布般直垂到脚面。她的头发披着，手臂裸露着。）

贝莉莎： 女仆用百里香来给这房间熏香，而

1　原文如此，没有说明是谁说的话。——译注

没有照我跟她说的那样用薄荷……
（朝着床走过去）她有细布床单却没
有铺上。玛尔科尔法……（这时响
起吉他柔和的琴声。贝莉莎将双手交
叉在胸前。）唉！带着热望寻找我的
人定会把我找到。我的渴望永远不
会磨灭，恰如喷泉上那些吐水的怪
面饰，永远张着干渴的嘴。（音乐在
继续。）啊，上帝啊，多美的音乐！
就像天鹅那热烘烘的绒羽……啊！
可是，到底是我？还是那音乐？

（她在肩头披上一条红色天鹅绒的大斗篷，在舞台上信步游荡。音乐声止，响起五下呼哨声。）

贝莉莎： 是五下呼哨声。

（佩尔林布林上场。）

佩尔林布林：我打扰到你了吗？

贝莉莎：　　怎么可能？

佩尔林布林：你困了吗？

贝莉莎：　　（嘲讽地）你是说困？

佩尔林布林：夜里已经有点儿冷了。（搓着双手。）

（停顿。）

贝莉莎：　　（下定决心）佩尔林布林。

佩尔林布林：（颤抖）怎么了？

贝莉莎：　　（含含糊糊）佩尔林布林，是个好听的名字。

佩尔林布林：还是你的名字更好听，贝莉莎。

贝莉莎：　　（笑着）噢！谢谢呀！

（短暂的停顿。）

佩尔林布林：我想告诉你件事儿。

贝莉莎:　　　　什么事儿?

佩尔林布林:　我花了很长时间才下定决心…… 可是……

贝莉莎:　　　　说吧。

佩尔林布林:　贝莉莎…… 我爱你!

贝莉莎:　　　　噢,少爷呀! ……那是你必须做的啊。

佩尔林布林:　是吗?

贝莉莎:　　　　是呀。

佩尔林布林:　可为什么要说"是"呢?

贝莉莎:　　　　(宠溺地)因为事实如此呀。

佩尔林布林:　不。

贝莉莎:　　　　佩尔林布林……!

佩尔林布林:　不,贝莉莎。跟你结婚前我并不爱你。

贝莉莎:　　　　(用玩笑的语气)你说什么呢?

佩尔林布林:　不管怎样……我结了婚! 但我以前并不爱你。我之前无法想象你身体的样子,直到我从锁眼里看到你穿上新娘礼服的模样。就在那个时刻,

	我感受到爱情,那个时刻!就像一把刀子深深刺入我的喉咙。
贝莉莎:	(好奇地)可是,其他那些女人呢?
佩尔林布林:	什么女人?
贝莉莎:	你以前认识的那些女人呗。
佩尔林布林:	可是,哪儿有其他女人呀?
贝莉莎:	(站起身)你真是让我吃惊!
佩尔林布林:	我才是最该感到吃惊的人。(停顿。传来五下呼哨声。)那是什么?
贝莉莎:	是钟声。
佩尔林布林:	五点了吗?
贝莉莎:	该睡觉了。
佩尔林布林:	你允许我把礼服脱下来吗?
贝莉莎:	当然了(打哈欠),夫君。你愿意的话,可以把灯关上。
佩尔林布林:	(关上灯。低声地)贝莉莎。
贝莉莎:	(高声地)怎么了,孩子?
佩尔林布林:	(低声地)我已经把灯关了。

贝莉莎: （用玩笑的语气）我看见了。

佩尔林布林：（用低得多的声音）贝莉莎……

贝莉莎: （声音更高地）怎么了？小可爱？

佩尔林布林：我仰慕你！

（两个精灵从舞台两侧出来，拉上一道灰色色调的帷幕。剧院隐没在一片昏暗中，带着一种甜美的梦幻的意味。长笛声响起。两个精灵，应当是孩子的模样。他们面向观众，坐在舞台提词员厢座的窗孔上面。）

精灵甲: 你经历黑暗时感觉如何啊？

精灵乙: 不好也不坏，伙计。

精灵甲: 我们已经在这儿了。

精灵乙: 你觉得怎么样。能把别人的那些过失都掩盖住总还是件好事儿呀。

精灵甲: 然后就让观众负责去把它们揭露出来。

精灵乙: 因为如果事情没有被人们费尽心机

地掩盖起来……

精灵甲： 那也就永远不会被揭露。

精灵乙： 而没有这种掩盖和揭露的话……

精灵甲： 那些可怜人又会怎样！

精灵乙： （看着帷幕）但愿一道缝隙都别留！

精灵甲： 此时的缝隙将会是明天的黑暗。

精灵乙： 那时一切事物都清楚明了……

精灵甲： 人们会认为没有必要去发现它们。

精灵乙： 他们去找那些浑浊不清的东西，只为在那里面发现他们早已知晓的秘密。

精灵甲： 但正因如此我们来到了这里。我们是精灵！

精灵乙： 你以前认识佩尔林布林吗？

精灵甲： 从小就认识。

精灵乙： 那认识贝莉莎吗？

精灵甲： 也很熟。她的房间总是散发出那么浓的香水味儿，有一次我都睡着了，醒来时就已身处她那些猫儿的利爪之间了。(二人笑。)

精灵乙： 这件事情曾经是……

精灵甲： 一清二楚的!

精灵乙： 所有人那时都想象到了。

精灵甲： 而做评论也都采取更为隐秘的手法了。

精灵乙： 因此，我们那有效而极具社会性的遮挡物就先不要拉开了吧。

精灵甲： 对，不能让人家知道。

精灵乙： 佩尔林布林那弱小、胆怯，如同新生小鸭子般的灵魂，这下子也丰沛、高尚起来了。

(二人笑。)

精灵甲： 观众都不耐烦了。

精灵乙： 他们有理由不耐烦。咱们走吧?

精灵甲： 咱们走。我感到后背上泛起一阵甜蜜的清凉。

精灵乙： 卧室墙壁上，清晨那五朵清冷的茶花正在开放。

精灵甲： 俯瞰城市的五座阳台。

（二人站起来，戴上几只巨大的蓝色兜帽。）

精灵乙： 堂佩尔林布林。我们是给你做坏事还是做好事呢？

精灵甲： 做好事……因为把一个好人的不幸放到公众眼前是不公平的。

精灵乙： 确实，伙计。说出"我看见了"和说出"听人说"还是不一样的。

精灵甲： 明天所有人就都知道了。

精灵乙： 那也是我们所希望的。

精灵甲： 世人都爱说长道短。

精灵乙： 嘘……

（长笛声开始响起。）

精灵甲： 嘘……

精灵乙： 我们就趁黑走吗?

精灵甲： 咱们快走吧，伙计。

精灵乙： 这就走?

精灵甲： 这就走!

（二人拉开帷幕。堂佩尔林布林出现在床上，头上戴着大大的鹿角。贝莉莎在他身边。后面的五个阳台全都大敞着门。清晨白亮的光线通过阳台照了进来。）

佩尔林布林：（醒过来。）贝莉莎，贝莉莎，快回答!
贝莉莎： （假装刚醒过来。）佩尔林布林，你想干吗?
佩尔林布林：快告诉我!
贝莉莎： 我要告诉你什么? 早在你睡着前我就睡着了!
佩尔林布林：（从床上下来。身上穿着礼服。）那些

		阳台怎么都开着呀？
贝莉莎：	因为今晚刮风的阵势真是前所未有。
佩尔林布林：	为什么阳台上会有五架梯子抵达地面？
贝莉莎：	因为在我母亲的国家习惯如此。
佩尔林布林：	我看到阳台下面的那五顶帽子，是谁的啊？
贝莉莎：	（从床上跳下来，身上穿着艳丽的衣服。）是那些来来往往路过的醉汉的，佩尔林布林，亲爱的！
佩尔林布林：	（望着贝莉莎，如醉如痴）贝莉莎！贝莉莎！为什么不呢？一切你都解释得清清楚楚。我都赞同。为什么不是如此呢？
贝莉莎：	（宠溺地）我才不会骗人呢。
佩尔林布林：	而我每分钟都更爱你了。
贝莉莎：	能这样我很高兴。
佩尔林布林：	我人生中头一回这么高兴！（走上前拥抱贝莉莎，但在那一刻，他又突然

从她身边退开。）贝莉莎。是谁亲吻过你了？不要撒谎，我都知道！

贝莉莎：（拢起头发，再将头发甩到前面。）我相信你都知道！我的丈夫可真爱开玩笑啊！（低声地）你！是你亲吻过我呀！

佩尔林布林：对！我是曾吻过你……可是万一还有别的什么人亲过你……？要是还有别的什么人亲过你……那你还爱我吗？

贝莉莎：（举起一只裸露的手臂。）会的，小佩尔林布林。

佩尔林布林：那么……我又有什么可在乎的呢？……（走向贝莉莎，拥抱她。）你是贝莉莎吗？

贝莉莎：（低声，宠溺地）是呀！是呀！是呀！是呀！

佩尔林布林：我几乎觉得这就是个梦！

贝莉莎：　　　（反应过来）看，佩尔林布林，快把阳台门关上，人们马上就要起床了……

佩尔林布林：干吗要关？既然咱们俩都睡够了，那就一起看看黎明吧……你不喜欢吗？

贝莉莎：　　　喜欢，可是……（坐到床上。）

佩尔林布林：我从来没有看到过日出……（贝莉莎顺从地躺倒在枕头上。）那个场景简直让人难以置信……太让我感动了！……你呢？你不喜欢吗？（朝着床走过去。）贝莉莎，你睡着了吗？

贝莉莎：　　　（半梦半醒之间）睡着了。

（佩尔林布林蹑手蹑脚地用一条披巾盖在贝莉莎身上。一道金色的强光通过阳台照了进来。在清晨的钟声里，成群的纸鸟飞过阳台。佩尔林布林已经坐在了床沿上。）

佩尔林布林：爱情啊，爱情

我受了伤。

因逃离的爱情而受伤，

受伤，

因爱情死去。

你们告诉所有人

就是那只夜莺。

四道锋刃的手术刀，

破碎的喉咙与遗忘。

拉住我的手吧，爱情啊，

我受了重伤

为逃离的爱情受了伤。

受伤！

因爱情死去。

幕落

第三场

(佩尔林布林家的餐厅。场景角度呈现出有趣的错落。桌上的物品都是画上去的,呈现出一顿粗陋"晚餐"的样子。)

佩尔林布林: 你会照我的吩咐去做吗?

玛尔科尔法: (哭着) 先生您就放心吧。

佩尔林布林: 玛尔科尔法,你怎么还在哭?

玛尔科尔法: 据阁下您所知,婚礼那天晚上,有五个人从阳台进来了。五个人呀。地球上五个种族的代表。有留着胡子的欧洲人,有印度人、黑人、黄种人,还有美国人。而您却丝毫没有察觉。

佩尔林布林: 那事儿无关紧要……

玛尔科尔法： 您想象一下啊。昨天我看到她跟另一个在一起。

佩尔林布林：（好奇地）怎么？

玛尔科尔法： 居然都没避开我。

佩尔林布林： 可我是幸福的，玛尔科尔法。

玛尔科尔法： 先生您真是让我太意外了。

佩尔林布林： 你根本不知道我有多幸福。我学会了好多东西，特别是我已经能去想象它们了……

玛尔科尔法： 先生您实在是太爱她了。

佩尔林布林： 爱的还赶不上她应得的多。

玛尔科尔法： 她来了。

佩尔林布林： 你快走吧。

（玛尔科尔法离开，佩尔林布林躲在一个角落里。贝莉莎进来。）

贝莉莎： 我也没能看到他。我在杨树林荫道散步时，所有人都跟在后面，唯独他没有。他的肤色应该是黝黑的，他的吻应该像藏红花和丁香那样散发香气，同时又让人觉得辛辣。有时他从我的阳台下经过，慢慢挥着手打招呼，让我的胸口禁不住战栗起来。

佩尔林布林： 嗯哼！

贝莉莎： （转过身）噢！你吓了我一大跳！

佩尔林布林： （亲热地走上前）我看到你在自言自语。

贝莉莎： （厌烦地）走开！

佩尔林布林： 你想咱们一起散个步吗？

贝莉莎： 不想。

佩尔林布林： 你想咱们一起去咖啡馆吗？

贝莉莎： 我已经说了不想！

佩尔林布林： 抱歉。

（一块包裹着信纸的石头落在阳台。佩尔林布林把它捡起来。）

贝莉莎： （生气地）给我！

佩尔林布林：为什么？

贝莉莎： 因为那是给我的！

佩尔林布林：（开玩笑地）谁这么告诉你的？

贝莉莎： 佩尔林布林！你别读那信！

佩尔林布林：（玩笑的语气更强烈了）你想说什么？

贝莉莎： （哭着）把那封信给我！

佩尔林布林：（走上前）可怜的贝莉莎啊！由于我非常理解你的心情，所以我把这张看起来对你意义重大的纸交给你……（贝莉莎接过纸，把它塞到胸口处。）我察觉到一些事情。尽管它们让我深深地受了伤，但我认为你是在演一出戏。

贝莉莎： （温柔地）佩尔林布林！……

佩尔林布林：我知道你对我是忠诚的，而且会一直如此。

贝莉莎： （亲热地）除了我的佩尔林布林，我不认识别的男人。

佩尔林布林： 所以我想帮助你，就像所有好丈夫在妻子成为美德楷模时应该做的那样……你看（把门都关上，表现出神秘兮兮的样子），我什么都知道！……我那时马上就察觉到了。你很年轻，而我已经老了……我们该拿他怎么办呢！可我对此完全理解。（停顿。低声地）他今天从这儿经过了吗？

贝莉莎： 经过了两次。

佩尔林布林： 给你发信号了吗？

贝莉莎： 发了……但是以一种轻蔑的方式，这让我很难过！

佩尔林布林： 你别担心。十五天前我第一次见到那个青年。我可以真心实意地告诉你,他的英俊简直让我目眩神迷。我从未见过阳刚之气和柔美精致能在一个男人身上结合得如此和谐。不知为什么,我那时想起了你。

贝莉莎: 我并没有看到他的脸……可是……

佩尔林布林: 你别怕告诉我……我知道你是爱他的……现在我就像个老父亲那样爱着你……我可没那么傻啊……真是的……

贝莉莎: 他给我写信。

佩尔林布林: 我知道。

贝莉莎: 但不让人见他。

佩尔林布林: 很奇怪啊。

贝莉莎: 甚至让人觉得……他瞧不起我。

佩尔林布林: 你可真是无辜啊!

贝莉莎: 确信无疑的是,他爱我正如我所希望的那样……

佩尔林布林: (好奇地)你这么觉得?

贝莉莎: 我收到了其他男人的信……我并没有回信,因为我有我亲爱的夫君呢,那些信里给我讲了理想的国家,讲了梦想,还有受伤的心……可他的这些信……你瞧……

佩尔林布林: 大胆地说吧。

贝莉莎: 但谈的是我……谈我的身体……

佩尔林布林: (抚摸着贝莉莎的头发)谈你的身体!

贝莉莎: 他跟我说:"我要你的灵魂做什么?灵魂是弱者的财富,属于那些残疾的英雄和病秧子。美丽的灵魂都徘徊在死亡的边缘,依靠在雪白的头发和干枯的双手上。贝莉莎,我渴望的并不是你的灵魂!而是你那白皙的、柔软的、颤抖的身体!"

佩尔林布林: 那位英俊的青年会是谁呀?

贝莉莎: 没人知道。

佩尔林布林: 没人知道?(探究地。)

贝莉莎: 我已经问过我所有的女友了。

佩尔林布林: （果断而神秘地）要是我跟你说我认识他呢?

贝莉莎: 这可能吗?

佩尔林布林: （站起身）等一下。（前往阳台。）他就在这里!

贝莉莎: （跑过去）是吗?

佩尔林布林: 他刚刚转过街角去。

贝莉莎: （懊恼地）哎呀!

佩尔林布林: 既然我已经老了，我愿意为你牺牲我自己。我要做的从来没有人做过。反正我已经置身于世事和人们荒唐的道德约束之外了。再见吧。

贝莉莎: 你去哪儿?

佩尔林布林: （在门口，庄严地）以后你就什么都知道了! 以后!

幕落

第四场

(种着柏树和橙树的花园。幕启时佩尔林布林和玛尔科尔法现身在花园里。)

玛尔科尔法： 到时间了吗？

佩尔林布林： 没有。还没到时间。

玛尔科尔法： 不过我的先生，您都想了些什么呀？

佩尔林布林： 一切以前没有发生过的事情。

玛尔科尔法： （哭着）都怪我！

佩尔林布林： 噢！……你该看得出来我对你有多么心存感激！

玛尔科尔法： 在此之前一切都太太平平的。那会儿每天早上我都给您送去咖啡加奶和葡萄。

佩尔林布林：是呀……葡萄！那些葡萄，可是，我呢？……我觉得已经过去了一百年。以前我无法去考虑世界上那些不同凡响的事情……我就待在门里面……而现在呢……贝莉莎的爱情给了我之前从不知晓的珍贵宝物……你看见了吗？现在我闭上双眼……却能看到我想看到的东西……比如……看见我母亲，看到周围的仙女来看望她时的样子……噢！……你知道那些仙女都是什么样儿的吗？……娇小玲珑的……令人惊叹！她们居然能在我的小拇指上跳舞！

玛尔科尔法：是呀，是呀，那些仙女，那些仙女……可是，别的事儿呢？

佩尔林布林：别的事儿！啊！（满意地）你跟我妻子都说什么了？

玛尔科尔法：虽然这些都不是我的分内事，但我还是照先生您的嘱咐跟她讲了……说那个青年……今天晚上十点整要到花园来,还会像以往一样穿着他的红斗篷。

佩尔林布林: 那她呢?……

玛尔科尔法: 她变得像天竺葵一样热情,双手捂在心口,开始激动地亲吻她那美丽的发辫。

佩尔林布林: (热情洋溢地)所以她变得像天竺葵一样热情了……她跟你说什么了吗?

玛尔科尔法: 她只是在那儿叹气。可是她那叹气的样子哟!

佩尔林布林: 噢,是呀!……从没有哪个女人会那样叹气!是不是?

玛尔科尔法: 她的爱情应该已近乎疯狂。

佩尔林布林: (充满活力地)这就对了!我需要她爱那个青年胜过爱她自己的身体,毫无疑问,她爱他!

玛尔科尔法:（哭着）听到这些我好害怕呀!……可是,这怎么可能! 堂佩尔林布林,这怎么可能? 您亲自去煽动您的妻子犯下最恶劣的罪行!

佩尔林布林: 因为堂佩尔林布林已无尊严可言,他现在只想享乐! 你会看到! 今晚我夫人贝莉莎的那个陌生的新情人就要来了。除了唱歌,我还要干什么呢?

（唱）

堂佩尔林布林已无尊严可言!

他没有尊严!

玛尔科尔法: 我的主人您得明白,从现在开始我就当自己已经被您解雇了。连我们这些仆人都会感到羞耻呢。

佩尔林布林: 噢,无辜的玛尔科尔法啊!……明天你就会像鸟儿一样自由了……等到明天吧……现在你走吧,去完成你的任务……你会照我跟你交代的去做吧？

玛尔科尔法： （一边擦着眼泪一边离开）我能有什么办法？只能这么办！

佩尔林布林： 好！我就喜欢这样！

（开始响起温柔的小夜曲。堂佩尔林布林躲在几丛玫瑰后面。）

贝莉莎： （在里面唱）

在河的两岸

夜晚已变得湿漉漉。

声　音： 夜晚已变得湿漉漉。

贝莉莎： 在贝莉莎的胸膛上，

花儿因爱情而死去。

声　音： 花儿因爱情而死去。

佩尔林布林： （朗诵）

花儿因爱情而死去！

贝莉莎： 夜晚赤身裸体地放歌

声　音：	就在三月的桥上。
贝莉莎：	贝莉莎清洗她的身体
	用晚香玉和带着咸味的水。
声　音：	用晚香玉和带着咸味的水。
佩尔林布林：	花儿因爱情而死去！
贝莉莎：	茴香与银子的夜晚
	在屋顶上光芒四射。
声　音：	在屋顶上光芒四射。
贝莉莎：	溪流的银光和镜子
	还有你白皙大腿的茴香。
声　音：	还有你白皙大腿的茴香。
佩尔林布林：	花儿因爱情而死去！

（贝莉莎出现在花园里。她衣着光鲜，艳丽动人。月光照亮了舞台。）

贝莉莎：　　是什么声音，让这整个夜晚充满了甜蜜的和声？我已经感觉到你的热情和重量，我心心念念的令人愉悦的青年……噢！树枝在晃动。（一个裹着红色斗篷的男人出现，小心翼翼地穿过花园。）嘘……是这里！这里！……（男人用手示意他马上回来。）噢，是的……回来吧，我的爱人！没有根的茉莉花飘浮着，天空会落在我大汗淋漓的后背上……夜晚！我那薄荷和青金石的夜晚……

（堂佩尔林布林出现。）

佩尔林布林：（吃惊地）你在这儿干什么呢？
贝莉莎： 散散步。
佩尔林布林： 没干别的？
贝莉莎： 在这晴朗的夜晚散散步。
佩尔林布林：（劲头十足地）你以前在这儿都干些

什么？

贝莉莎： （吃惊地）可是，你以前不知道吗？

佩尔林布林： 我什么都不知道。

贝莉莎： 可你给我传过口信儿。

佩尔林布林： （色眯眯地）贝莉莎……你还在等他吗？

贝莉莎： 带着从未有过的激情！

佩尔林布林： （大声地）为什么？

贝莉莎： 因为我爱他。

佩尔林布林： 那么他一定会来的！

贝莉莎： 他肉体的气味已经穿透了他的衣服。我爱他，佩尔林布林，我爱他！我感觉自己成了另一个女人！

佩尔林布林： 那是我的胜利。

贝莉莎： 什么胜利？

佩尔林布林： 是我想象的胜利。

贝莉莎： 你真的帮我去爱他了。

佩尔林布林： 就像我现在要帮助你为他哭泣。

贝莉莎: （惊奇地）佩尔林布林，你说什么呢？……

（钟敲了十二响。夜莺在鸣叫。）

佩尔林布林：时间到了！
贝莉莎: 他就该在这个时候来了。
佩尔林布林：跳过我花园的围墙。
贝莉莎: 披着他的红斗篷。
佩尔林布林：（拿出一把匕首。）就像他的血一样红……
贝莉莎: （抓住他）你要干什么？
佩尔林布林：（拥抱她）贝莉莎，你爱他吗？
贝莉莎: （用力地）爱！
佩尔林布林：既然你这么爱他，我不想让他离开你。为了让他彻底属于你，我想出的最好的办法就是将这把匕首插进他那颗风流成性的心脏。你喜欢吗？

贝莉莎: 上帝啊,佩尔林布林!

佩尔林布林: 等他死了,你就可以在你那张舒适漂亮的床上一直爱抚他,而不用担心他会不爱你了。他也会用逝者那无限的爱来爱你,而我则从你那明艳躯体的黑暗梦魇中解脱。(拥抱贝莉莎)你的身体……也许我永远也无法解读……(望着花园)你看着他会从哪里过来……放手吧,贝莉莎……放开!(跑开。)

贝莉莎: (绝望地)玛尔科尔法,把餐厅里的那把剑给我拿下来,我要用它穿透我丈夫的喉咙。

(大声地)

堂佩尔林布林

卑鄙的丈夫

如果你杀了他

我就把你也杀死。

（树丛间出现了一个男人，身披一件宽大豪华的红色斗篷。他受了伤，步履蹒跚。）

贝莉莎： 亲爱的！……是谁让你的胸膛受了伤？（男人用斗篷遮住了脸。斗篷很大，一直到脚都给遮住了。贝莉莎拥抱他。）是谁割开你的血管，让你的血洒满我的花园……亲爱的！让我看看你的面庞，哪怕只有一小会儿……啊！是谁将死亡带给了你？……是谁？

佩尔林布林： （掀开斗篷。）你丈夫刚刚用这把镶绿宝石的匕首捅了我。（展示插在胸口的匕首。）

贝莉莎： （惊骇地）佩尔林布林！

佩尔林布林： 他跑到田野间去了，你再也看不到他了。他要杀我是因为他知道我比任何人都爱你。他伤害我的时候……就喊道:"贝莉莎已经拥有了灵魂!"……快过来。

（躺倒在长凳上。）

贝莉莎： 可这是怎么回事儿?……你是真的受伤了啊!

佩尔林布林： 是佩尔林布林杀的我……啊,堂佩尔林布林!你这老色鬼,不中用的家伙,你不能占有贝莉莎的身体……贝莉莎的身体是为年轻的肌肉和滚烫的嘴唇准备的……而我仅仅是爱你的身体而已……你的身体!可他杀了我……用这火热的宝石花束。

贝莉莎： 你干了什么呀?

佩尔林布林： （垂死地）你明白吗?……我是我的灵魂,而你是你的身体……既然你曾那么爱我,那就让我,也让他,在这最后的时刻被拥抱着死去吧。

贝莉莎： （半裸着身体走上前，拥抱佩尔林布林）好……可那青年呢？……你为什么要欺骗我？

佩尔林布林：那青年？……（闭上眼睛。）

（舞台上出现梦幻般的光线。）

玛尔科尔法：（进来。）夫人！

贝莉莎： （哭泣）堂佩尔林布林死了！

玛尔科尔法：我早就知道！现在我们用年轻人穿的那条红斗篷来做他的裹尸衣吧，他曾穿着它在您的阳台下徘徊。

贝莉莎： （哭泣）我从来没想到他会这么复杂！

玛尔科尔法：您察觉得太晚了。我要给他做一个如同正午太阳那样的花圈。

贝莉莎： （惊异地，如在方外）佩尔林布林，你这是干了什么呀,佩尔林布林?

玛尔科尔法: 贝莉莎,你已经成了另一个女人了……你身上都是我主人那荣耀无比的鲜血。

贝莉莎: 可那个男人是谁?他是谁?

玛尔科尔法: 就是那个你从未得见真容的英俊青年。

贝莉莎: 是的,是的,玛尔科尔法,我爱他,我用尽身心地全力去爱他。可是,穿红色斗篷的那个青年在哪儿?……上帝呀,他在哪儿?

玛尔科尔法: 堂佩尔林布林,你静静地睡吧……你听到她的话了吗?……堂佩尔林布林……你听到她的话了吗?……

(钟声响起。)

幕落

观 众

分场次话剧

第一场

(导演的房间。导演正端坐着。身穿大礼服。蓝色布景。墙上印着一只巨大的手。窗子呈现出 X 光透视的效果。)

仆　人：　先生。
导　演：　什么事?
仆　人：　观众来了。
导　演：　让他们进来。

(四匹白马上场。)

导　演：　有何贵干?(白马们吹响号角。)要是我还有能耐叹口气,事情倒还能如你们所愿。我的戏剧从来都是露天的！可现在我已失去了全部财产。不然，我会让露天的空气染上毒素。一支能将结痂从伤口揭去的注射器就够了。从这儿出去！马儿们，从我家里滚出去！能跟马儿们共眠的床已经被创造出来了。（哭泣）我亲爱的马儿们呀！

马儿们： （哭泣）为三百比塞塔。为两百比塞塔，为一盆汤，为一个空香水瓶，为你的口水，为你剪下来的指甲。

导　演： 出去！出去！出去！（按响了铃。）

马儿们： 什么都不为！以前你双脚臭气熏天，而我们只有三岁。我们在厕所里等，在门背后等，然后让你的床上布满了眼泪。（仆人上场。）

导　演： 给我一根鞭子！

马儿们： 你的鞋子在汗水中熬呀熬，而我们却晓得月亮跟草丛中那些烂苹果也有着这样的关系。

导　演：　（对仆人）把门都打开！

马儿们：　不，不，不。可恶的家伙！你浑身绒毛，还去吃那根本就不属于你的墙灰。

仆　人：　我不开门。我不想到剧场去。

导　演：　（殴打仆人）快打开！

（马儿们拿出金色的长号，并随着音乐慢慢起舞。）

白马甲：　（愤怒地）可恶的家伙！

白马乙、丙和丁：伙家的恶可！

白马甲：　（愤怒地）可恶的家伙！

白马乙、丙和丁：伙家的恶可！

（仆人打开了门。）

导　演　　露天戏剧！出去吧！来吧！露天戏剧！

都从这儿出去！（马儿们下。）（对仆人）继续。

（导演坐到桌子后面。）

仆　人：　先生。
导　演：　什么事？
仆　人：　是观众！
导　演：　让他们进来。

（导演将头上的金色假发换成黑色假发。三个穿着同款燕尾服的男人上场。三人都蓄着黑色的胡须。）

男人甲：　您是露天戏剧的导演？
导　演：　为您效劳。
男人甲：　我们是因您最新的那部作品来向您道贺的。
导　演：　谢谢。

男人丙： 它可真是妙极了。

男人甲： 《罗密欧与朱丽叶》,多么美妙的名字啊!

导　演： 相爱的男人和女人。

男人甲： 罗密欧可能是一只鸟,朱丽叶可能是一块石头。罗密欧可能是一粒盐,朱丽叶可能是一张地图。

导　演： 但他们永远都是罗密欧与朱丽叶。

男人甲： 而且是相亲相爱的人儿。您相信他们彼此相爱吗?

导　演： 呃……我又没身在其中……

男人甲： 得了!得了!您自己都表露无遗了。

男人乙： (对男人甲)你还是老实看着吧。这得怪你。你到底为了什么来叩剧院的大门?你完全可以去找片树林,让它发出充满活力的声响让你听见并非难事,可一座剧院才不会这样!

男人甲： 可就是得来叩剧院的门,来剧院是为了……

男人丙： 为了了解坟墓里的真相。

男人乙： 那些有着煤气灯、演出广告和长排靠椅的坟墓。

导　演： 先生们……

男人甲： 好的。好的。露天戏剧的导演，《罗密欧与朱丽叶》的作者。

男人乙： 导演先生，罗密欧是怎么解手的？看罗密欧如何解手岂不是一件美事？有多少回他都假装要从塔上纵身跃下，沉浸在表现他痛苦的戏剧中？导演先生，当无事发生的时候，又能出什么状况呢？还有坟墓的场景呢？为什么最终您没有沿着坟墓的台阶下去呢？您本可以看到一个天使，他带走罗密欧的性别，留下更适合他的另一种性别。如果我告诉您，所有这一切的主角实际上是一朵有毒的花

	朵，您会怎么想？请回答。
导　演：	先生们，那并不是问题所在。
男人甲：	（打断他）这恰恰就是问题所在。正是因为人人怯懦，我们才必须将这剧院埋葬。我还得给我自个儿来上一枪。
男人乙：	贡萨洛！
男人甲：	（缓慢地）我不得不给自个儿来上一枪，好让真正的戏剧——地下戏剧鸣锣开场。
导　演：	贡萨洛……
男人甲：	怎么？……（停顿。）
导　演：	（反应过来）可是我不能。那样的话，一切就都完了。我的儿女们都会变成瞎子，然后，我该拿观众怎么办？如果我把舞台前沿的栏杆去掉，那我又该拿观众怎么办？也许面具会来吞掉我。有一次，我就看

到一个人被面具吞掉了。城里那些最健壮的小伙子，用沾血的镐头，把废报纸团成的大球从他的屁股塞进去，而有一次在美国，一个小伙子居然被面具用他自己的肠子给吊死了。

男人甲： 太精彩了！

男人乙： 那您为什么不在戏里说这些事情呢？

男人丙： 那是一段故事情节的开始吗？

导　演： 更像是个结尾。

男人丙： 是由恐惧带来的结尾。

导　演： 这是一目了然的，先生。您不会想着让我把面具展示在舞台上吧。

男人甲： 为什么不呢？

导　演： 那道德呢？还有观众们的胃口呢？

男人甲： 看到章鱼肚皮朝天地翻个个儿，有些人就会呕吐，还有些人，一听到别人特意说出"癌症"这个词儿时，就变得面色苍白；不过您知道，与此相反的是，这世上毕竟还有铁皮、石膏和可爱的云母，再不济，也还有硬纸板，这可是什么人都能买得起的可用来表达意见的东西。（站起来。）但是，您想做的却是欺骗我们。欺骗我们，好让一切保持原样，好让我们没法去帮助那些死去的人。苍蝇都掉进了我准备好的四千份橙汁里，这都是您的错。我不得不又一次去弄断那些树根。

导　演：　（站起身来。）我不想争论，先生。但您来找我有何贵干？您是不是带来了一部新作品？

男人甲：　您觉得还有比留着大胡子的我们……比您自己更新的作品吗？

导　演：　我……？

男人甲：　是的……您。

男人乙: 贡萨洛!

男人甲: （注视着导演，对男人乙说）我还认得出他，我好像正看着他在那天早晨将一只象征着速度的野兔关进一个小小的书包里。还有一次，就在发现了那种中分发式的第一天，他就在耳边插上了两朵玫瑰。你呢，你认出我来了吗?

导　演: 这可不是故事情节。天呀! （大声地）埃伦娜! 埃伦娜! （跑向大门处。）

男人甲: 可是不管你愿不愿意，我都得把你带到舞台上去。你已经让我受了太多的苦。快点儿! 屏风! 屏风!

（男人丙取出一扇屏风，将它放在舞台的中央。）

导　演: （哭泣着）观众会看见我的。我的剧院就要完蛋了。我曾经排演过这个时代最棒的戏剧，可是现在……!

(响起了马儿们的号角声。男人甲走向后面,打开了门。)

男人甲: 进来吧,和我们一起。这出戏里也有你们的位置。所有人。(转向导演)还有你,去屏风后面走一遭吧。

(男人乙和男人丙推搡导演。导演隐身屏风背后,在屏风另一侧出现了一个男孩,身着白缎子的衣服,脖子上围着白色皱褶领。那应是一位女演员。手中拿着一把黑色的小吉他。)

男人甲: 恩里克!恩里克!(双手遮住脸。)
男人乙: 别让我从那屏风后面过。放过我吧。贡萨洛!
导　演: (冷冷地,拨动着琴弦。)贡萨洛,我得啐你好多口水。我就是想啐你,还想用小剪子剪破你的燕尾服。给我丝线和针。我想绣花。我不喜欢文身，但我想用丝线在你身上刺绣。

男人丙： （对马儿们）你们随便坐吧。

男人甲： （哭泣着）恩里克！恩里克！

导　演： 我要在你的肉体上绣花，看到你睡在房顶上会让我欢喜。你口袋里还有多少钱？把它们都烧掉！（男人甲划着一根火柴，点燃了钞票。）我从来也没有好好看清楚那些图案是怎样在火焰中消失的。你没有更多的钱了？贡萨洛，你可真是个穷光蛋！我的口红呢？你没有口红吗？真是烦人呀。

男人乙： （羞涩地）我有。（从胡须下面取出一支口红递上。）

导　演： 谢谢……可是……可是你怎么也在这里？到屏风那儿去！你也到屏风那儿去。你居然还受得了他，贡萨洛？

（导演粗鲁地推搡着男人乙，在屏风的另一端出现了一个穿着黑色睡裤、头上戴着郁金香花冠的女人。她手中拿着粘着金色胡须的长柄眼镜，在戏剧进行过程中，时不时地将它放到嘴上。）

男人乙： （干巴巴地）把口红给我。
导　演： 哈！哈！哈！哦，马克西米丽阿娜，巴伐利亚的王后！哦，这个坏女人！
男人乙： （将假胡须放到嘴唇上面。）我劝你最好还是安静一点。
导　演： 哦，这坏女人！埃伦娜！埃伦娜！
男人甲： （响亮地）你不要叫埃伦娜了。
导　演： 为什么不叫？我的戏剧在露天演出时，她可是非常爱我的。埃伦娜！

（埃伦娜从左侧上场。她穿得像古希腊女人。眉毛描成蓝色，头发是白色的，双脚上涂满石膏。长裙的前面完全敞开，可以看到她粉红色紧身衣下的大腿。男人乙将假胡须举到嘴唇上。)

埃伦娜： 又是老一套吗？
导　演： 没错，又是老一套。
男人丙： 你怎么出来了，埃伦娜？如果你根本不愿爱上我，那为什么还要出来呢？
埃伦娜： 谁告诉你我不愿爱上你？可你为什么会这么爱我呢？要是你惩罚我，去同别的女人混作一处，我倒是会亲吻你的双脚呢。你却只对我一个人爱慕有加。看来必须得干净利索地了断了。
导　演： （对男人丙）那我呢？你不记得我了吗？你不记得我那些被拔下来的指甲吗？我怎么会认识其他女人而不认识你呢？我为什么要呼唤你呢，埃伦娜？我为什么要去自讨苦吃呢？
埃伦娜： （对男人丙）和他一起走吧！向我坦白你对我隐瞒的真相吧。我不在乎你酩酊大醉，也不在乎你给自己辩解，但是你已经亲吻过他，已经和他睡在了同一张床上。

男人丙： 埃伦娜！（从屏风后面迅速地经过，出现时已没有了胡须，脸色惨白，手中拿着一根鞭子。戴着镶着金色钉子的护腕带。）

男人丙： （抽打着导演）你总是在唠叨，你总是在说谎，我一定得毫不留情地干掉你。

马儿们： 行行好呀！行行好！

埃伦娜： 你可以继续抽打上一百年，那我也不会相信你。（男人丙走向埃伦娜，抓住了她的手腕。）你可以花上整整一个世纪的时间来钳住我的手指，那你也无法让我发出一声呻吟。

男人丙： 那就让我们看看谁能坚持得更久！

埃伦娜： 我，永远是我。

（仆人出现。）

埃伦娜： 快把我从这里带走,和你一起!把我带走吧!（仆人从屏风后面经过,再出现时仍是原来的样子。）把我带走!带去远远的地方!（仆人将她搂在怀里。）

导　演： 我们可以开始了。

男人甲： 你随时可以开始。

马儿们： 行行好呀!行行好!

（马儿们吹响长号。角色们在各自的位置上静止不动。）

大幕缓缓落下

第二场　罗马废墟

（一个浑身上下披满红色葡萄叶的人，坐在石柱上面吹着笛子。另一个身上挂满金色铃铛的人，在舞台中间翩翩起舞。）

铃铛人：　　如果我变成云朵？

葡萄人：　　那我就变成眼睛。

铃铛人：　　如果我变成粪便？

葡萄人：　　那我就变成苍蝇。

铃铛人：　　如果我变成苹果？

葡萄人：　　那我就变成亲吻。

铃铛人：　　如果我变成胸脯？

葡萄人：　　那我就变成白床单。

声　音：　　（嘲讽地）妙啊！

铃铛人：　　　如果我变成月鱼？

葡萄人：　　　那我就变成刀子。

铃铛人：　　　（停止跳舞。）可是，为什么呢？你为什么要折磨我？如果你爱我，你怎么不来跟我一起，到我要带你去的地方？如果我变成月鱼，你就该变成波浪或是海藻，如果你因为不愿意亲吻我而想变成非常遥远的东西，你就该变成满月，可是，变成刀子算怎么一回事！打断我的舞蹈让你很高兴。而跳舞是我所拥有的爱你的唯一方式。

葡萄人：　　　当你围着床铺和房子里的东西转悠的时候，我可以跟随你，但我不会跟着一肚子鬼心眼的你到你想带我去的地方。如果你变成月鱼，我会用刀子将你剖开，因为我是个男人，因为我不是别的，只不过是个男人，一个比亚当更像男人的男人，我希望你比我更像个男人。希望你浑身充满阳刚之气，经过时连那些枝叶都不会发出声音。可你却不是男人。如果我没有这支笛子，你就会逃到月亮上去，那里到处都是镶花边的头巾和一滴滴女人的鲜血。

铃铛人：　（羞涩地）那如果我变成蚂蚁？

葡萄人：　（充满活力地）那我就变成土地。

铃铛人：　（更有力地）如果我变成土地？

葡萄人：　（更微弱地）那我就变成水。

铃铛人：　（激动地）如果我变成水呢？

葡萄人：　（泄气地）那我就变成月鱼。

铃铛人：　（颤抖地）如果我变成月鱼呢？

葡萄人：　（站起身来。）那我就变成刀子。变成一把在四个漫长的春天里被磨快的刀子。

铃铛人：　把我带到卫生间去淹死吧。那将是你能看到我赤身裸体的唯一机会。你是不是想象我会怕血？我知道用什么方式控制你。你以为我不了解你吗？我能把你牢牢控制住，以至于如果我说"如果我变成月鱼"，你就得回答"那我就变成一包小小的鱼卵"。

葡萄人： 你去取一把斧子来砍断我的双腿吧。让昆虫都从废墟那边过来吧，而你走开吧。因为我鄙视你。我本想让你探查到深层的东西。我唾弃你。

铃铛人： 你想那样？那么再见吧。我现在放心了。如果我从废墟那里向下面走，我将逐渐发现爱情，而且会发现越来越多的爱。

葡萄人： （不快地）你要去哪里？你要去哪里？

铃铛人： 你不希望我走开吗？

葡萄人： （声音微弱地）不，你不要走。如果我变成砂粒呢？

铃铛人： 那我就变成鞭子。

葡萄人： 那如果我变成一包小小的鱼卵呢?

铃铛人： 那我就变成另一根鞭子。一根用吉他琴弦做成的鞭子。

葡萄人： 请不要抽打我!

铃铛人： 一根用船缆做成的鞭子。

葡萄人： 请不要打我的肚子!

铃铛人： 一根用兰花的雄蕊做成的鞭子。

葡萄人： 你最终会让我变瞎!

铃铛人： 瞎子，因为你不是男人。我却是个实打实的男人。一个男人，那么有男人气概，以至于当那些猎人醒来时，我就会晕倒。一个男人，如此阳刚英武，以至于当有人碰断了一棵幼芽，不管是多么小的一棵，我的牙齿间都会感觉到那尖利的疼痛。一个巨人。一个如此高大的巨人，我甚至能够在新生儿的指甲上绣上一朵玫瑰。

葡萄人： 废墟泛起的白光令我难过，而我正在等待夜晚，好让自己匍匐在你的脚下。

铃铛人： 不，不要。你干吗要跟我说这些？你才是那个应该强迫我去做这一切的人。你难道不是一个男人吗？一个比亚当更像男人的男人？

葡萄人： （倒在地上。）啊！啊！

铃铛人： （走近。低声地）如果我变成一根石柱呢？

葡萄人： 噢，天呀！

铃铛人： 你只会变成石柱的影子，而不是别的什么东西。然后埃伦娜会来到我的床上。埃伦娜，我的爱人！而你却满身大汗地躺在床垫下，那汗水并不是你的，而属于那些马车夫、锅炉工，还有那些为癌症病人动手术的医生。到那时，我会变成月鱼，

	而你只会成为从一只手传到另一只手里的香粉盒。
葡萄人：	哎哟！
铃铛人：	又来了？你又哭了？看来我又得晕倒了，好让农夫们都来到。我得去叫那些黑人，那些被木薯刀砍伤的、日夜在河里与淤泥搏斗的高大黑人。从地上站起来，胆小鬼！昨天我在铸工家里让他给我做一条锁链。你不要离开我！一条锁链。我整晚都在哭泣，因为我的手腕和脚腕都疼得要命，可我并没有戴上那锁链啊。（葡萄人吹响一个银哨子。）你干什么？（哨子又响了一声。）我知道你想要什么，但我还有时间逃开。
葡萄人：	（站起来。）你要是愿意就逃走吧。
铃铛人：	我会用青草来保卫自己。
葡萄人：	试着保卫你自己好了。

(响起了哨音。从房顶降下一个穿着红色紧身衣的孩子。)

孩　子：　　皇帝！皇帝！皇帝！

葡萄人：　　皇帝！

铃铛人：　　我将扮演你的角色。你可别暴露了。我会丢掉性命的。

孩　子：　　皇帝！皇帝！皇帝！

铃铛人：　　我们之间的一切都是一场游戏。我们只是在玩儿。现在我假装你的声音，去伺候皇帝。而你可以到那根大石柱后面躺下。我从来也没有告诉过你。那里有一头为士兵们炖食物的母牛。

葡萄人：　　皇帝！已经没有办法了。你已经弄断了蜘蛛的丝线，而我也感到我的大脚正在变小，变得令人讨厌。

铃铛人：　　你想来点儿茶吗？在这样一处废墟，

到哪里能找到一杯热乎乎的饮料呢?

孩　子：　　（在地上）皇帝！皇帝！皇帝！

（号声响起，罗马人的皇帝出现了。和他一起上场的，还有一个穿着黄色长袍、肤色呈灰色的百夫长。后面跟着四匹马儿，拿着它们的长号。孩子走向皇帝。皇帝将他抱在怀里，他们消失在石柱间。）

百夫长：　　皇帝在寻找"某君"。
葡萄人：　　我就是"某君"。
铃铛人：　　我才是"某君"。
百夫长：　　你们俩哪一位是？
葡萄人：　　我。
铃铛人：　　我。
百夫长：　　皇帝会用一把刀子或者一口唾沫来猜出你们两个人中哪一个才是"某君"。你们这种人通通都该死！都赖你们，我得不停赶路，风餐露宿。我的女人像一座大山一样美丽。她同时去四五个地方分娩,中午在大树下面打着鼾。我有两百个子女。将来还会有更多。你们这帮人可真该死!

(百夫长吐了口唾沫,唱起歌来。从柱子后面传来一声悠长、持久的喊声。皇帝擦着额头出现了。他先摘下一副黑色手套,又摘下一副红色的,露出他那有着古典苍白色的双手。)

皇　帝:　　(不高兴地)你们俩哪位是"某君"啊?

铃铛人:　　是我,先生。

皇　帝:　　"某君"是一个人,而且只有一个。有四十多个小伙子不愿意说出这一点,于是我就把他们的脑袋都给砍下来了。

百夫长:　　(吐口水。)"某君"是一个人,而且

	只有一个。
皇　帝：	没有两个。
百夫长：	因为如果有了两个,皇帝也就不会在路上找个不停。
皇　帝：	(对百夫长)把他们的衣服脱光!
铃铛人：	我就是"某君",先生。而那个人是废墟的乞丐。他靠吃树根过活。
皇　帝：	走开。
葡萄人：	你认得我。你知道我是谁。(他脱下葡萄叶的外套,露出涂满白色石膏的裸体。)
皇　帝：	(拥抱他)"某君"是一个人。
葡萄人：	永远只有一个。如果你亲吻我,我会张开我的嘴巴,好让你接着用剑来刺透我的脖子。
皇　帝：	我就是要这么干。
葡萄人：	请把我爱人的头颅留在这废墟。那是永远独一无二的"某君"的头颅。

皇　帝：　　（叹了口气。）某君。

百夫长：　　（对皇帝）确实不容易，但你已经得到了他。

葡萄人：　　皇帝得到了他可能无法得到的人。

铃铛人：　　背叛！背叛！

百夫长：　　闭嘴，你这只老耗子！扫把崽子！

铃铛人：　　贡萨洛！帮帮我，贡萨洛！

（铃铛人去拉一根柱子，柱子展开，变成第一场时出现的白色屏风。从屏风后面走出三个长胡子的男人和舞台导演。）

男人甲：　　背叛！

铃铛人：　　他已经背叛了我们！

导　演：　　背叛！

（皇帝在拥抱葡萄人。）

幕落

第三场

（沙子垒成的墙。左侧，墙上画着一个透明得像果冻一样的月亮。舞台中央，有一片巨大的车前草的绿色叶子。）

男人甲： （上场）人们需要的并不是这种东西。这一切发生之后，我再次回来跟孩子们谈话并观察天空的快乐，这也许是不公平的。

男人乙： 这真是个糟糕的地方。

导　演： 你们目睹了那场争斗吗？

男人丙： （上场）那两个人应该都死了。我从来没有见过如此血腥的盛筵。

男人甲： 简直是两头狮子。两个半人半神的东西。

男人乙： 如果他们没有肛门，那就是两个半人半神的东西。

男人甲： 但是肛门是对男人的惩罚。肛门是男人的失败，是他的羞耻，也是他的死亡。他们两个都有肛门，但他们谁也不能抵抗大理石那纯粹的美丽，无可指责的表象保护着隐秘的愿望，而那些大理石因保留了这些愿望而光芒四射。

男人丙： 当月亮出来时，乡野的孩子们聚在一起排便。

男人甲： 在芦苇丛后面，在河水静流处那清凉的岸边，我们找到了那个让裸体的自由受到玷污的男人的踪迹。

男人丙： 他们两个应该都已经死了。

男人甲： （充满活力地）他们也许已经胜利了。

男人丙： 什么？

男人甲: 因为他们是男人,他们没有任自己被虚假的欲望左右。因为他们是百分百的男人。难道一个男人可以不再作为一个男人存在吗?

男人乙: 贡萨洛!

男人甲: 他们被打败了,现在一切都成了人们的笑柄和讥讽的对象。

男人丙: 他们俩都不是男人。就像你们也不是男人一样。有你们在身边真是让我觉得恶心。

男人甲: 皇帝就在那后面,在盛筵的最后部分。为什么你不出去将他掐死呢?我承认你的勇气,就像我认同你的美丽。你怎么还不赶快?用你的牙齿去咬住他的脖颈。

导　演: 为什么你不去?

男人甲: 因为我不能,因为我不愿意,因为我太软弱。

导　演：　但是他能够，他愿意，他是强壮的。（高声地）皇帝就在废墟那里！

男人丙：　谁愿意呼吸到他的气息谁就去吧。

男人甲：　你！

男人丙：　我要是有自己的鞭子，倒是有可能说服你们。

男人甲：　你很清楚我不会反抗你，但我还是会鄙视你这个胆小鬼。

男人乙：　胆小鬼！

导　演：　（盯视着男人丙，大声地）那个喝我们血的皇帝就在废墟那里！（男人丙用双手掩住了脸。）

男人甲：　（对导演）就是那个人，你认得他吗？就是那个在咖啡馆和书籍里将我们的血管缠绕在长长鱼刺上的大胆的家伙。就是那个在孤寂中爱着皇帝，并在港口的酒馆里寻找他的人。恩里克，好好看看他的眼睛。

看那一小串一小串的葡萄垂在他的肩头。那骗不了我。不过现在我要去杀了皇帝。没有刀子，就用我这双让所有女人都嫉妒的脆弱的手。

导　演：　不，让他去吧！你等一下。（男人丙坐在一把椅子上，哭了起来。）

男人丙：　也许我再也不能穿上我那件有云纹的睡衣了。啊！你们不知道，我已经发现一种只有洪都拉斯的某些黑人才知道的绝妙饮料。

导　演：　我们要待的地方不应该在这里，而应该在一个肮脏腐臭的沼泽里。就在那些死青蛙在其中腐烂的烂泥下面。

男人乙：　（拥抱男人甲）贡萨洛，你为什么这么爱他？

男人甲：　（对导演）我会把皇帝的脑袋给你带来！

导　演：　那将是献给埃伦娜的最好的礼物。

男人乙： 你留下来，贡萨洛，让我给你洗洗脚。

男人甲： 皇帝的脑袋会让所有女人的身体燃烧起来。

导　演： （对男人甲）但是你不知道，埃伦娜能在火柴和生石灰里面磨光自己的双手。你拿着刀子去吧！埃伦娜，埃伦娜，我亲爱的！

男人丙： 我永远的爱人呀！在这里谁也别提埃伦娜。

导　演： （颤抖地）谁也别提她。我们最好平静下来。忘掉戏剧，我们就有可能平静下来了。谁也别提埃伦娜。

男人甲： 埃伦娜。

导　演： （对男人甲）闭嘴！之后我会在那座大仓库的围墙后面等着。别说了！

男人甲： 我宁愿一下子就解决。埃伦娜！（作势离开。）

导　演： 喂，如果我变成一个茉莉花的小休儒呢?

男人乙： （对男人甲）咱们走吧！你可别让人骗了！还是我陪你到废墟那里去吧。

导　演： （拥抱男人甲）我也许会变成一粒茴香药丸，一颗将所有河流的芦苇都浓缩在其中的药丸，而你将会变成一座中国的大山，上面布满了活生生的小竖琴。

男人甲： （眯起了眼睛。）不，不。我不会成为一座中国的山峰，而会成为一个盛着老酒的酒囊，让嗓子里充满水蛭。

（二人厮打。）

男人丙： 咱们得把他们分开。
男人乙： 好让他们不要把彼此吞掉。
男人丙： 尽管我也许能找到我的自由。（导演和男人甲无声地厮打着。）

男人乙： 可我也许会找到我的死亡。

男人丙： 如果我有一个奴隶……

男人乙： 那是因为我就是一个奴隶。

男人丙： 可咱们俩都是奴隶，咱们可以用不同的方式打碎锁链。

男人甲： 我要去叫埃伦娜！

导　演： 我要去叫埃伦娜！

男人甲： 不，请不要去！

导　演： 不，你别去叫她。你想让我变成什么，我就变成什么。（两人厮打着，消失在舞台的右侧。）

男人丙： 我们可以去推他们一把，他们就会掉到井里。这样你和我就自由了。

男人乙： 你会获得自由。而我，会受到更多奴役。

男人丙： 没关系。我去推他们一把。我一直希望生活在自己的绿色土地上，希望自己是名牧人，喝着岩石里流出

　　　　　　　的水。

男人乙：　你忘了，只要我愿意，我就能非常强壮。我还是个孩子时，就已经能套住我爸爸的那些牛了。就算我的骨头上覆盖着小小的兰花，我仍然拥有一身肌肉，在我愿意的时候，它们可以为我所用。

男人丙：　（温柔地）不管是对他们还是对我们来说，这都是再好不过的了。走啊！那口井可是很深的呀。

男人乙：　我不会让你去的！

（他们打了起来。男人乙推搡着男人丙，两人消失在舞台的另一侧。围墙向两边打开，出现了朱丽叶在维罗那的坟墓。现实主义的装饰风格。玫瑰花丛和常春藤。皓月当空。朱丽叶正躺在坟墓中。她身穿歌剧中的白色服装。露出粉红色赛璐珞的胸衣。）

朱丽叶： （从坟墓中跳出来。）劳驾。尽管我已经穿过了三千多个空荡荡的拱门，却一直没有遇到一个女友。劳驾，帮帮忙。请给我一点帮助。一点帮助和一片梦的海洋。

（唱。）

一片梦的海洋。
一片白色土地的海洋
和天上空荡荡的拱门。
我的裙裾如船逐浪，如海藻沉浮，
我的裙裾在时间里徜徉。
时间的海洋。
蛀虫的沙滩
和李子树间的玻璃海豚。
哦，最终的纯洁的石棉！哦，废墟！
哦，没有拱门的孤寂！梦的海洋！

（从舞台深处传来刀剑声和人声。）

朱丽叶：　　人越来越多了。他们最终要来侵入我的坟墓，占据我的墓床。不管是讨论爱情还是讨论戏剧，我都不在意。我所希望的就是去爱。

白马甲：　　（出场。手持宝剑）去爱吧！

朱丽叶：　　是的。带着只持续片刻的爱情。

白马甲：　　我一直在花园等你来着。

朱丽叶：　　你说的是在坟墓中吧。

白马甲：　　你仍是一如既往的疯狂。朱丽叶，你什么时候才能发现白昼的完美所在？有着早晨和下午的白昼。

朱丽叶：　　还有晚上。

白马甲：　　晚上就不是白昼了。在白昼里，你将会把不快抛开，把那些无动于衷的大理石墙壁驱散。

朱丽叶：　　怎么做到呢？

白马甲： 你骑到我背上来。

朱丽叶： 为什么？

白马甲： （走近朱丽叶。）为了带你走。

朱丽叶： 到哪里去？

白马甲： 到黑暗那里去。在黑暗中有柔软的枝条。翅膀的墓地有着成百上千密实的表面。

朱丽叶： （颤抖地）在那里你会给我什么？

白马甲： 我会给你黑暗中最沉默的东西。

朱丽叶： 是白昼吗？

白马甲： 是不见光亮的苔藓。是那种用手指肚来吞噬小小世界的触摸。

朱丽叶： 曾想把白昼的完美展示给我的人不就是你吗？

白马甲： 那是为了让你能进入黑夜。

朱丽叶： （生气地）你这愚蠢的马儿，我和黑夜又有什么关系？从黑夜的星辰和醉鬼那里我又能学会什么呢？也许

> 我必须得用上老鼠药才能从那些讨厌的人中间解脱。但我不想杀死老鼠。它们给我带来小小的钢琴，还有漆制的小筲帚。

白马甲： 朱丽叶，夜晚并不是一时一刻，但是一时一刻却可以持续整个夜晚。

朱丽叶： （哭泣）够了。我不想再听你说下去了。你为什么想带我走？爱情的话语只是欺骗，是破碎的镜子，是在水中踏过的脚步。你以后会再一次把我抛弃在坟墓中，就像所有那些人，试图说服倾听者，让他们相信根本不可能得到真正的爱情。有人对着我的心喋喋不休，还有人用大理石的小镘子打开我的嘴巴，我疲惫不堪，起来求助，好把那些人统统赶出我的坟墓。

白马甲： 白昼是一个端坐不动的幽灵。

朱丽叶： 可我却认识一些因为太阳而死去的女人。

白马甲： 你去好好了解白昼吧，只消了解一个白昼，便可以爱上所有的黑夜。

朱丽叶： 一切！一切的一切！男人的，树木的，马儿们的，所有你想教给我的东西我都了如指掌。月亮轻柔地推动着那些无人居住的房屋，使得柱子一根根倒下，它还为蠕虫提供微型的火把，好让它们进到樱桃的内部。月亮将脑膜炎的面具带到卧室里，在孕妇的腹中装满凉水，我稍不注意，它就将草一把把扔上我的肩头。马儿呀，你不要带着那种我已熟知的欲望看着我。还是小女孩的时候，我在维罗那曾看到美丽的母牛在牧场上吃草。之后，我又看到它们被画在我的书本里，可我却总是在经过屠宰场时想起它们来。
白马甲： 那是仅仅持续片刻的爱情。
朱丽叶： 是的，只有一分钟；而朱丽叶却仍然活着，那么快乐，远离那一群刺人的放大镜。那是处在开端的朱丽叶，是站在城市边缘的朱丽叶。

（舞台深处又一次传来了刀剑声和嘈杂的人声。）

白马甲： 爱情，去爱，爱情。
蜗牛的爱情，蜗牛～牛～牛～，
向着太阳伸出的触角。
去爱呀，爱情，去爱呀。
属于那匹
舔食着盐球的马儿。（翩翩起舞。）
朱丽叶： 昨天是四十个人，而我在睡觉。蜘蛛们来了，女孩们来了，还有那个被身上披满天竺葵的公狗强奸的姑娘也来了，但我依然那么平静。当水中的仙女说起奶酪，这块奶酪也许是用美人鱼的乳汁或三叶草做成的。但现在是四个人，四个小伙子，想给我安上一个泥巴阴茎，并决定用墨汁给我画上胡子。

白马甲： 爱情，去爱呀，爱情。

基尼多对公山羊的爱情

还有母骡的爱

给了将触角伸向太阳的蜗牛～牛～牛～牛～。

去爱呀，爱情，去爱呀。

朱庇特在马厩中爱上了孔雀

还有大教堂中嘶鸣的马儿。

朱丽叶： 马儿呀，有四个小伙子呢。很久之前，我就听到了游戏的声音，但是直到刀子发出了光芒，我才醒了过来。

（黑马上场。他戴着黑色的羽冠，手中拿着一个轮子。）

黑　马：　　四个小伙子？人人有份。一片土地种满白色的阿福花，另一片土地则撒上了种子。死者们在继续争吵，而生者则在使用手术刀。人人有份。

白马甲：　　在死海的岸边，美丽的苹果从灰烬中生长出来，那灰烬可是个好东西。

黑　马：　　哦，多新鲜！哦，鲜美的果肉！哦，如同露珠一般！我会吃下灰烬。

朱丽叶：　　不，灰烬并不是什么好东西。是谁在谈论灰烬？

白马甲：　　我并没在说灰烬。我说的是有着苹果形状的灰烬。

黑　马：　　形状！形状！这是来自鲜血的渴望。

朱丽叶：　　真是乱糟糟。

黑　马：　　鲜血的渴望和轮子的厌烦。

（三匹白马上场。他们带来了长长的黑漆手杖。）

三匹白马： 形状与灰烬。灰烬与形状。镜子。就让最终能了结的人摆上一只金面包。

朱丽叶： （绞着双手）形状与灰烬。

黑　马： 是的。你们已经知道我杀鸽子有多利索。当别人说起岩石，我会理解成空气。当别人说起空气，我会理解成空虚。当别人说起空虚，我又会理解成被拧掉脑袋的鸽子。

白马甲： 爱情，去爱呀，爱情。
月亮对心灵的爱情，
蛋黄对月亮的爱情
还有云朵对蛋壳的爱情。

三匹白马： （用手杖敲打着地面）
爱情，去爱呀，爱情。
马粪对太阳的爱情，
太阳对死去母牛的爱情

	还有金龟子对太阳的爱情。
黑　马：	不管你们怎么摆弄那些手杖，事情依然会照着它该发生的样子发生。该死！这些吵吵闹闹的家伙！都怪你们，我现在每个星期有好几次得跑遍树林去寻找树脂，好用树脂来堵住耳朵，重获属于我的寂静。（劝说地）走吧，朱丽叶。我已经给你铺好细布床单。现在就要开始降下一场戴着常春藤冠冕的细雨，打湿天空和墙壁。
三匹白马：	我们有三根黑色的手杖。
白马甲：	还有一柄剑。
三匹白马：	（对朱丽叶）我们一定要从你的腹部经过，好找到马儿们的复活。
黑　马：	朱丽叶，已经是凌晨三点了；如果你不注意，人们就会关上大门，那你就无法进去了。

三匹白马： 她还会有牧场和远方的山峦。

黑　马： 朱丽叶，你不要理睬他们。牧场上只有舔吃着鼻涕的农夫、将小老鼠碾碎的巨大脚丫，还有用唾液沾湿鲜活青草的成群蚯蚓。

白马甲： 可她还有硬挺的小胸脯，另外，与马儿们共枕的床也已经造出来了。

三匹白马： （挥动着手杖）我们想上床。

白马甲： 我们要跟朱丽叶一起上床。最后那晚，我就在坟墓里，我知道那里发生的一切。

三匹白马： （生气地）我们想上床！

白马甲： 因为我们是真正的马儿，是拉车的马儿，用杆子敲碎食槽的木头和马厩的窗户。

三匹白马： 把衣服脱掉，朱丽叶，露出你的屁股，好让我们用尾巴来抽打。我们想获得重生！（朱丽叶向黑马寻求庇护。）

黑　马：　　疯子！十足的疯女人！

朱丽叶：　　（振作起来）我并不怕你们。你们想跟我上床，是不是？那么现在是我想跟你们上床，不过得由我来指挥，由我说了算，让我骑到你们身上，让我用我的剪刀来剪断你们的鬃毛。

黑　马：　　到底是谁去穿过谁呢？哦，爱情呀，爱情，你需要让你的光芒穿过黑暗的炙热！哦，依靠在暗影中的海洋，还有死人臀部上的花朵！

朱丽叶：　　（充满活力地）我可不是奴隶，让别人将琥珀的锥子扎进我的乳房，我也不是为那些在城门边因爱情而发抖的人设立的神像。我全部的梦想不过是带着无花果树的气味，拥有割麦人的腰肢。谁也别想穿过我！是我要穿过你们！

黑　马：　　睡吧，睡吧，睡吧。

三匹白马： （拿起手杖，从手杖的金属包头处射出三股水流。）我们尿你，尿你。我们向你尿尿，就像我们对着母马们尿尿，就像母山羊去尿湿公山羊的口鼻，就像天空尿湿玉兰花，把它们变成皮革。

黑　马： （对朱丽叶）到你的地方去。谁也甭想穿过你。

朱丽叶： 那我就得沉默了吧？一个新生的婴儿是美丽的。

三匹白马： 是美丽的。也许他会在整个天空拖曳他的尾巴。

（男人甲和舞台导演从右侧上场。导演仍像第一幕时那样，变成了一个白色的丑角。）

男人甲： 够了，先生们！
导　演： 露天戏剧！

白马甲: 不。现在我们已经让真正的戏剧开场了。地下的戏剧。

黑　马: 为了让坟墓中的真相公之于众。

三匹白马: 有着剧目广告、煤气灯和长排靠椅的坟墓。

男人甲: 是的！我们已经迈出了第一步。但是我确实知道，你们三个还在掩饰自己，你们三个还只是在表面上游泳。（三匹白马不安地挤作一团。）习惯了车夫们的鞭子和钉掌匠的钳子，你们对真相心怀恐惧。

黑　马: 等到最后一件沾血的外衣被脱掉，真相将会是一株荨麻，是一只被吞掉的螃蟹，或者玻璃窗后的一块皮革。

男人甲: 他们都应该立刻从这个地方消失。他们害怕观众。我了解真相，我知道他们不是在找朱丽叶，他们隐藏了让我受伤的一个愿望，而我从他们的眼睛中看出了这一点。

黑　马：　　不是一个愿望，而是所有愿望。就像你一样。

男人甲：　　我只有一个愿望。

白马甲：　　就像马儿们一样，没人会忘记自己的面具。

男人甲：　　我可没有面具。

导　演：　　除了面具，再无他物。贡萨洛，还是我说得对。如果我们嘲笑面具，它就会把我们吊到树上，就像吊死那个美国的小伙子。

朱丽叶：　　（哭泣着）面具！

白马甲：　　形状。

导　演：　　在大街中央，面具为我们扣上纽扣，避免有时不谨慎的赧颜浮上面颊。在卧室里，当我们将手指伸进鼻孔，或者当我们仔细地观察自己的臀部，面具的石膏都会紧紧压迫我们的肉体，让我们几乎无法在床上伸展。

男人甲： （对导演）我就是要和面具一直斗争，直到最终看到你赤身裸体。（拥抱他。）

白马甲： （嘲讽地）一片湖泊就是一块平面。

男人甲： （生气地）抑或是体积！

白马甲： （笑着）体积也不过是由千万个平面组成的。

导　演： （对男人甲）你不要拥抱我，贡萨洛。你的爱情只存在于别人的见证之下。在废墟那里，你亲我亲得还不够吗？我鄙视你的优雅和你的戏剧。（两人厮打。）

男人甲： 我在别人面前爱你，是因为我痛恨面具，因为我已经能够撕下你的面具。

导　演： 为什么我是如此软弱？

男人甲： （厮打着）我爱你。

导　演： （厮打着）我唾弃你。

朱丽叶：   他们在打架！

黑　马：   他们彼此相爱。

三匹白马： 爱情，爱情，爱情。

　　　　　 "一"与"二"的爱情

　　　　　 还有因成为二者之一而窒息的

　　　　　 "三"的爱情。

男人甲：   我要让你的骷髅赤身裸体。

导　演：   我的骷髅有七处光亮。

男人甲：   对我的七只手来说很容易。

导　演：   我的骷髅有七个影子。

三匹白马： 别管他了，随他去。

白马甲：   （对男人甲）我命令你别管他了。

（马儿们将男人甲和导演分开。）

导　演：   （非常高兴，拥抱白马甲）我是狮子的奴隶，但我可以成为马儿的朋友。

白马甲：   （拥抱导演）爱情。

导　演：　　我要把双手伸进那些大口袋,好把硬币和满是面包屑的钞票扔到烂泥巴里。

朱丽叶：　　(对黑马)求求你!

黑　马：　　(不安地)等一下。

男人甲：　　我曾用眼泪的力量让一个赤身裸体的人变成白色,而马儿们带走他的时刻还没有到来。

(三匹白马拦住了男人甲。)

男人甲：　　(充满活力地)恩里克!

导　演：　　恩里克?你的恩里克在那边呢。(迅速脱下外套,并把外套扔到柱子后面。他在外套下面穿的是一件女舞蹈演员的精致衣服。从柱子后面走出恩里克的衣服。这个人物也就是那个戴着淡黄色面具的白色丑角。)

丑角的服装： 我冷。电灯。面包。他们在烧橡胶。（僵直不动。）

导　演：（对男人甲）你现在不到我这儿来吗？和马儿们的吉列米娜一起！

白马甲：月亮和狐狸精，还有小酒馆里的酒瓶子。

导　演：可你们终究还是会打我这儿过，还有那些船舶、军团，如果那些鹳鸟愿意，它们也可以从我这儿过。我可宽敞得很啊！

三四白马：吉列米娜！

导　演：不是吉列米娜。我不是吉列米娜。我是属于那些小黑人的多明加。（他扯下纱裙，露出了缀满小铃铛的紧身衣。他将纱裙扔到柱子后面，下场，马儿们紧随其后。这时又出现了一个人物：女舞蹈演员的服装。）

女舞蹈演员的服装： 吉—吉列—吉列米—吉列米

娜。娜—娜米—娜米列—娜米列吉。
你们让我进去，要么就让我出来。

(倒在地上睡去。)

男人甲： 恩里克，小心楼梯！

导　演： (在场外。)那些醉醺醺的水手的月亮和狐狸精。

朱丽叶： (对黑马)把催眠药给我吧。

黑　马： 沙子。

男人甲： (叫喊)变成月鱼，我只希望你成为一条月鱼！就让你变成月鱼吧！

(猛地从后面冲出去。)

丑角的服装： 恩里克。电灯。面包。他们在烧橡胶。

(男人丙和男人乙在左侧出现。男人乙就是第一场中穿黑色睡衣、戴郁金香花冠的女人。男人丙则没有变化。)

男人乙： 他是那么爱我，如果看到我们俩在一起，他没准会杀了我们。咱们走吧。现在我要永远地侍奉你。

男人丙： 在那些柱子下面，你的美貌曾是那么迷人。

朱丽叶： （对男人乙和男人丙）我们要关上大门了。

男人乙： 剧院的大门从来都不关。

朱丽叶： 雨下得很大呀，我的朋友。

（开始下雨。男人丙从兜里掏出一个有着热烈表情的面具，把它戴在脸上。）

男人丙： （殷勤地）难道我不能留在这个地方睡觉吗？

朱丽叶： 为什么？

男人丙： 为了让你高兴。（和她说话。）

男人乙： （对黑马）您有没有看到一个留着黑胡须的黑发男人出去？他穿着一双

|||||吱吱作响的漆皮鞋。

黑　马：　　　我没见过这么个人。

男人丙：　　（对朱丽叶）谁能比我更能护卫你呢?

朱丽叶：　　又有谁能比你的女朋友更有资格得到你这份爱情呢?

男人丙：　　我的女朋友?（生气地）都赖你们,我才总是输! 这位可不是我的女朋友。这个人只是一张面具,一把笤帚,沙发上一只软弱的狗。

（粗暴地去脱男人乙的衣服,除下他的睡衣、假发,露出男人乙的真面目,没有胡须,穿着第一场时穿的衣服。）

男人乙：　　发发慈悲吧!

男人丙：　　（对朱丽叶）我是给他化了装才带他来的,那是为了保护他不受那些坏蛋的伤害。亲吻我的手吧，亲吻你的保护者的手吧。

（睡衣带着郁金香上场。这个人物的面庞像一个鸵鸟蛋一样雪白、光滑，有着鸵鸟蛋一样的弧线。男人丙推搡着男人乙，让他从右侧消失。）

男人乙： 发发慈悲吧！

（睡衣坐在楼梯上，用双手轻轻拍着自己光滑的脸，直到本场结束。）

男人丙： （从兜里掏出一个红色的大斗篷，披在肩上，又抱住朱丽叶。）"看呀，亲爱的……那些妒意满满的光线，为东方那些破碎的云朵镶上金边……"风吹断了柏树的枝条……

朱丽叶： 风并不是这样的！

男人丙: ……在印度,它去拜访所有那些有着水一样双手的女人。

黑　马: (挥舞着轮子)就要关上了!

朱丽叶: 雨下得好大呀!

男人丙: 等等,等等。现在夜莺唱起歌来了。

朱丽叶: (颤抖着)夜莺!我的上帝呀!夜莺……!

黑　马: 可别让它撞见你呀!(迅速地抓住朱丽叶,将她平放在坟墓中。)

朱丽叶: (昏昏欲睡地)夜莺……!

黑　马: (离开)明天我会带着沙子回来。

朱丽叶: 明天。

男人丙: (在坟墓旁)亲爱的,回来吧!风儿吹破了枫树的叶子。你都做了些什么呀?(拥抱朱丽叶)

场外音: 恩里克!

丑角的服装: 恩里克。

女舞蹈演员的服装: 吉列米娜。就干干脆脆地结

束吧！（哭泣）

男人丙： 等等，等等。现在夜莺唱起歌来了。（传来一艘船的汽笛声。男人丙将面具放到朱丽叶的脸上，用红色斗篷盖住她的身体。）雨下得太大了。（打开一把伞，蹑手蹑脚地悄悄走出去。）

男人甲： （进来。）恩里克，你怎么回来了？

丑角的服装： （用同样的语调）恩里克，你怎么回来了？

男人甲： 你干吗要开玩笑？

丑角的服装： 你干吗要开玩笑？

男人甲： （拥抱丑角的服装）你一定是战胜了那些青草和马儿后，为了我，为了我那无法枯竭的爱情回来的。

丑角的服装： 回来的！

男人甲： 告诉我！告诉我你是因为我才回来的！

丑角的服装： （用微弱的声音）我冷。电灯。面包。

他们曾在烧橡胶。

男人甲： （狠狠地拥抱丑角的服装）恩里克！

丑角的服装： （用渐渐微弱的声音）恩里克。

女舞蹈演员的服装： （用温柔的声音）吉列米娜。

男人甲： （将服装抛在地上，登上楼梯。）恩里克——！

丑角的服装： （在地上）恩里克————

（有着鸵鸟蛋面孔的人物仍在不停地用双手拍打着自己的面庞。真正夜莺的啼鸣压过了雨声。）

幕落

第五场[1]

(在舞台中央,一张被竖起来的床朝向观众,就像一幅原始风格的画,床上有一个戴着蓝色荆冠的红色裸体人。在舞台深处,有通向一个大剧院包厢的拱门和楼梯。右侧是一所大学的大门。幕起时传来一阵掌声。)

裸体人: 你们什么时候结束呀?

护 士: (很快上场。)等到喧哗停止的时候。

裸体人: 他们有什么要求?

护 士: 他们要舞台导演去死。

裸体人: 关于我,他们说了些什么?

---

[1] 原文如此,没有第四场。可能是手稿散失。戏剧倒数第二部分"牧人波波的独角戏"放在哪里也有争议。——译注

护　士： 什么也没说。

裸体人： 那关于贡萨洛呢，有人知道些什么吗？

护　士： 他们正在废墟那边寻找他。

裸体人： 我想死。你们已经从我身体里取出多少杯血了？

护　士： 五十杯。现在我要给你点儿胆汁，然后，到八点钟的时候，我会带着手术刀来，把你侧面的伤口再弄深点。

裸体人： 就是那个有更多维生素的伤口。

护　士： 对呀。

裸体人： 他们让地下的人出来吗？

护　士： 正相反。士兵和工程师们正在把所有的出口都关上。

裸体人： 到耶路撒冷还有多远？

护　士： 如果还有足够多的煤炭，那就还有三站地。

裸体人： 我的天父呀，请把这杯苦涩的东西拿开吧。

护　士：　　　　闭嘴吧。这已经是你弄坏的第三个体温表了。

（学生们上场。他们穿戴着黑色的长袍和红色的饰带。）

学生甲：　　　我们为什么不把那些铁栏杆锉断呢？
学生乙：　　　胡同里全是武装起来的人，很难从那里逃出去呀。
学生丙：　　　那么那些马儿呢？
学生甲：　　　马儿们弄破舞台的天花板，逃出去了。
学生丁：　　　当我被关在高塔上的时候，我看见他们成群结队地顺着山坡爬了上去。那会儿他们跟舞台导演在一起呢。
学生甲：　　　剧院没有乐池吗？
学生乙：　　　但是连乐池里面都挤满了观众。最好还是老实待着吧。（传来一阵掌声。护士扶起裸体人，为他整理枕头。）
裸体人：　　　我渴了。

护　士：	已经派人到剧院取水去了。
学生丁：	革命的第一颗炸弹就炸掉了修辞学老师的脑袋。
学生乙：	对他的老婆来说真是一件大喜事儿，现在她得干多少活儿呀，连乳房上都得安上两个水龙头了。
学生丙：	听说，每到晚上都有一匹马跟她一起到天台上去。
学生甲：	就是她透过剧院的天窗看到了所发生的一切，并发出了警报。
学生丁：	尽管诗人们放了一架梯子要爬上去杀死她，可她仍在那儿大喊大叫，于是人们就来了。
学生乙：	她叫……？
学生丙：	她叫埃伦娜。
学生甲：	（旁白）塞莱内[1]。

1　塞莱内（Selene）：希腊神话中代表月亮的女神。通常都以乘驭由双马拖曳的车驾的形象出现。——译注

学生乙: （对学生甲）你怎么了？

学生甲: 我害怕出去到光天化日之下。

（两个小偷顺着梯子下来。几个穿着晚礼服的女士从包厢急急忙忙地走出来。学生们在争论。）

女士甲: 汽车会在门口吗？

女士乙: 太可怕了！

女士丙: 他们已经在坟墓里找到了舞台导演。

女士甲: 那罗密欧呢？

女士丁: 咱们出来的时候，他们正在脱他的衣服呢。

男孩甲: 观众想让诗人被马拖死。

女士甲: 可是，为什么呢？那是一出很不错的戏，而革命无权亵渎坟墓。

女士乙: 声音犹在耳边，模样也真切鲜活。我们有什么必要去舔舐那些骷髅呢？

男孩甲: 有道理。坟墓中的那一场可真是精妙绝伦。但是当我看到朱丽叶的双脚时，我却发现了假象。朱丽叶的脚小极了。

女士乙： 真滑稽！您总不会是想把那双脚改一改吧。

男孩甲： 是呀，但是作为女人的脚，它们实在是太小了。它们过于完美，过于女人气。它们是男人的脚，是一个男人造出来的脚。

女士乙： 太可怕了！

（从剧院那边传来了人们的说话声和刀剑的声音。）

女士丙： 我们出不去了吗？

男孩甲： 这会儿那帮革命的人已经到了大教堂。咱们从楼梯走吧。（出去。）

学生丁： 当人们看到罗密欧与朱丽叶真的相爱时，就发生骚乱了。

学生乙： 其实事情刚好相反。当人们看到罗密欧与朱丽叶没有彼此相爱，而且永远也无法相爱的时候，骚乱才开始的。

学生丁： 观众有着灵敏的知觉，会发现一切，所以他们就抗议了。

学生乙： 恰恰是为了这个。骷髅彼此相爱，在火焰中被烧得发黄，但是服装并不相爱，有好几次观众都看到在朱丽叶的裙裾上有令人作呕的小蟾蜍。

学生丁： 人们忘记了演出中的服装，但是当人们在椅子下面找到真正的朱丽叶，发现她被堵住了嘴、浑身裹满了棉花而无法叫喊时，革命就爆发了。

学生甲： 这就是所有人都犯下的大错，也正因如此，这出戏才要完蛋：观众不应该穿过诗人设置在卧室里的丝绸和硬纸板。罗密欧可能是一只鸟，

　　　　　　　　而朱丽叶可能是一块石头。罗密欧可能是一粒盐,而朱丽叶可能是一张地图。对观众来说,这又有什么要紧呢?

学生丁:　　观众根本就不在乎。不过一只鸟不可能成为一只猫,而一块石头也不可能成为对大海的打击。

学生乙:　　那只是形式的问题,是面具的问题。一只猫可能成为一只青蛙,而冬天的月亮则完全可能变成一捆上面尽是冻僵蠕虫的木柴。观众会在话语中昏昏欲睡,他们不会透过柱子看到咩咩叫的绵羊和在天空中飘过的云朵。

学生丁:　　所以才爆发了革命。舞台导演打开了活板门,人们得以看到虚假血管的毒素是如何导致许多孩子真正死亡的。支撑起生命的并不是那些伪装的形式，而是形式背后的晴雨表的发丝。

学生乙： 退一万步说，罗密欧和朱丽叶必须是一个男人和一个女人，坟墓中的那一幕才会表现得生动而又令人心碎吗？

学生甲： 那倒不一定，不过这恰恰是舞台导演希望发挥才华来展现的内容。

学生丁： （气愤地）不一定吗？那么就让那些机器都停下来吧，你们就把麦粒都扔到钢铁的田地中去吧。

学生乙： 那会发生什么呢？也许会长出蘑菇，心跳得也许会更剧烈、更富有激情。事实是人们都知道一颗麦粒有多少营养，却不知道一株蘑菇有多少营养。

学生戊： （正从包厢中出来）法官已经来了，在把他们杀死之前，人们让他重新演一遍坟墓中的那一幕。

学生丁：　　　咱们走吧。你们会看到还是我说得对。

学生乙：　　　是呀。让我们去看看那个能在戏剧中看到的最后一位真正的女性朱丽叶吧。（迅速离开。）

裸体人：　　　我的天父呀，请宽恕他们吧，他们不知道自己在做些什么。

护　士：　　　（对小偷们）你们怎么这会儿来了？

小偷们：　　　是催场员给搞错了。

护　士：　　　他们给你们打过针了吗？

小偷们：　　　打过了。

（他们坐在了床脚边，那里有几根点燃的蜡烛。舞台上一片昏暗。催场员上场。）

护　士：　　　现在就该发出通知了？

催场员：　　　请您原谅我，但是何塞·德·阿利马特阿的胡须被弄丢了。

护　士：	外科手术室准备好了吗？
催场员：	就差烛台、圣杯和装樟脑油的安瓿瓶了。
护　士：	那就快点吧。（催场员离开。）
裸体人：	还要很久吗？
护　士：	快了。已经敲过第三遍钟了。等皇帝化装成本丢·彼拉多就行了。
男孩甲：	（与女士们一起上场。）劳驾！你们可不要任由恐慌摆布呀。
女士甲：	在剧院里迷了路，又找不到出口，这可真是可怕呀。
女士乙：	最让我害怕的还是那只纸板做的狼和马口铁池子里面的四条蛇。
女士丙：	当我们爬上废墟那儿的山坡时，我们还以为看到了曙光，可我们碰到的却是幕布，我那双金丝绒的鞋子也沾上了油渍。
女士丁：	（探身向拱门处张望。）他们又在表

演坟墓中的那一幕了。现在火焰肯定要冲破那些门了,因为刚才我看到它时,那些守卫的手已经被烤焦了,根本无法控制火势。

男孩甲: 顺着那棵树的树枝我们可以到达那些阳台中的一个,然后从那里寻求帮助。

护 士: (高声地)什么时候开始敲响临终的钟声呀?

(传来一声钟声。)

小偷们: (举起蜡烛。)圣人呀,圣人呀,圣人呀。

裸体人: 天父呀,我将灵魂奉献在你的手中。

护 士: 你提前了两分钟。

裸体人: 因为夜莺已经叫过了。

护 士: 那倒是真的。药店也为了这临终的痛苦而开了门。

裸体人： 为了这孤独男人在站台上、在火车上弥留之际的苦。

护　士： （看着表，高声地）你们把床单拿来。一定要小心，不要让吹起的风带走你们的假发。快点儿。

小偷们： 圣人呀，圣人呀，圣人呀。

裸体人： 一切都已经消耗殆尽。

（床绕着一根立轴旋转着，裸体人消失了。在床的反面出现了男人甲，一如既往地穿着燕尾服，留着黑色的胡须。）

男人甲： （闭上眼睛。）苦难啊！

（灯光呈现出电影屏幕强烈的银色闪耀。舞台深处的拱门和楼梯都被罩上了颗粒状的蓝色光晕。护士和小偷们都面朝着观众，踩着舞步下场。学生们从一个拱门下走出来。他们手中拿着小手电筒。)

学生丁: 观众的态度可真是糟糕透顶。
学生甲: 可恶。一个观众从来都不应该成为戏剧的一部分。当人们去参观水族馆时,他们不会杀死海蛇和水老鼠,也不会杀死那些长满麻风斑块的鱼,而是会扫视鱼缸,去学习一些东西。
学生丁: 罗密欧是个三十岁的男人,而朱丽叶是个十五岁的少年。观众的告发是很管用的。
学生乙: 舞台导演用非常巧妙的方法来避免观众得知此事,但是马儿们和革命毁了他的计划。
学生丁: 让人无法接受的是,他们居然已经被杀害了。
学生甲: 还有,人们还杀掉了在排椅下面呻吟的真正的朱丽叶。

学生丁： 那纯粹是出于好奇，只是为了去看看他们内心里到底有些什么。

学生丙： 有什么是已经被搞清楚了的？一道道伤口，还有一片彻头彻尾的迷惘。

学生丁： 那场戏的重演真是棒极了，因为，毫无疑问，他们是在用不可估量的感情彼此相爱，尽管我并不认为这是正确的。当夜莺叫起来时，我都忍不住落了泪。

学生丙： 大家都流泪了。不过之后他们又高举起刀子和手杖，因为台词要比他们更强健有力，而一家之说大行其道时，就可以肆无忌惮地去践踏最无辜的真理。

学生戊： （非常高兴地）你们看，我得到了朱丽叶的一只鞋子。那些修女正在给她包上裹尸布，而我把一只鞋子偷来了。

学生丁: （严肃地）哪个朱丽叶?

学生戊: 还会是哪个朱丽叶? 舞台上的那个呗, 那个有着世界上最美丽的双脚的朱丽叶。

学生丁: （吃惊地）可是你没有发现坟墓中的那个朱丽叶是个化了装的小伙子? 那是舞台导演的一个花招, 真正的朱丽叶在排椅下面, 被堵上了嘴。

学生戊: （笑了出来。）可我喜欢这样! 她看上去很漂亮, 就算那是个化了装的小伙子, 我也根本不在乎。而要是那个满身尘土、像只母猫一样在椅子下面呻吟的姑娘, 我才不要去拿她的鞋子呢。

学生丙: 可是, 正因如此, 她被人给杀了。

学生戊: 那是因为人们都疯了。我每天都爬两次山, 等我结束了学业, 我就会照管一大群公牛, 我必须和它们搏斗，并且每时每刻都得战胜它们，不过现在我没时间来考虑那到底是男人、女人，还是孩子，我只有时间看到我喜欢这种带有快乐欲望的事情。

学生甲： 太好了！如果我想爱上一头鳄鱼呢？

学生戊： 那你就爱呗。

学生甲： 如果我想爱上你呢？

学生戊： （把鞋子扔向学生甲）那你也可以爱，我允许你那么做，我会用肩膀扛着你顺着峭壁爬上去。

学生甲： 那我们就把一切都摧毁。

学生戊： 房顶和家庭。

学生甲： 我们要穿着足球鞋进入人们谈论爱情的地方，向镜子上投掷烂泥巴。

学生戊： 而且我们要烧毁神父用来宣读弥撒的书。

学生甲： 走吧。咱们快走吧！

学生戊： 我有四百头公牛。用我父亲绕好的绳索，我们把牛拴在那些岩石上，好把它们拉得四分五裂，让火山喷薄而出。

学生甲： 快乐呀！是小伙子和姑娘们的快乐，是青蛙的快乐，也是小木块的快乐。

舞台监督： （上场。）先生们！画法几何课！

男人甲： 苦难啊！

（舞台渐渐转暗。学生们点亮他们的手电，走进大学。）

催场员： （谦恭地）你们就别让那些窗玻璃受罪了吧！

学生戊： （和学生甲一起从拱门处逃了出来。）快乐呀！快乐呀！快乐呀！

男人甲： 痛苦。那是梦中男人的孤独，他的梦中充满了电梯和火车，在那里，你用一种不可捉摸的速度行进。孤独还属于那些建筑、街角和海滩，而在那些地方你永远也不会出现。

女士甲： （在楼梯上）又是同样的装饰？太可怕了！

男孩甲： 没准儿某扇门是真的呢！

女士乙： 劳驾！请您不要放开我的手！

男孩甲： 等快天亮的时候，凭着天窗透过的光，我们就能知道怎么走了。

女士丙： 穿着这件衣服，我开始觉得冷了。

男人甲： （声音微弱地）恩里克！恩里克！

女士甲： 那是什么呀？

男孩甲： 冷静。

（舞台上一片黑暗。男孩甲的手电照亮了已经死去的男人甲的面庞。）

幕落

牧人波波[1]的独角戏

（蓝色的帷幕。帷幕中央是一个大柜子，里面装满了不同表情的白色面具。每一个面具前面都有一盏小灯。牧人波波从右侧上场。他身穿毛皮，头上戴着一顶装饰着羽毛和小轮子的漏斗形帽子。他一边弹奏着手摇风琴，一边缓慢地舞蹈着。）

牧　人：　　蠢牧人照看着面具，

那是乞丐的面具，

也属于

把飞过平静水域的游隼杀死的诗人们，

---

[1] 牧人"波波（Bobolink）"，意为"蠢牧人"，西方戏剧中经常出现的人物，最早出现在"圣诞剧"中，后多作为"开场白"讲述者出现在戏剧作品中。——译注

面具,

属于那些使用花边

并在蘑菇下面腐烂的孩子。

面具们,

属于那些拄着拐杖的老鹰。

面具的面具

用克里特的石膏做成

在对朱丽叶的谋杀中

变成紫罗兰色的齑粉。

占卜者,猜猜,猜猜看,

没有扶手椅席位的剧院

长椅的天堂

却有一个面具的空位。

咩咩叫,咩咩叫,咩咩叫呀,面具们。

(面具们学着绵羊的样子咩咩叫,有一个咳嗽起来。)

马儿们吃下蘑菇

在风向标下腐烂。

使用花边的老鹰

在彗星下将自己装满烂泥。

彗星吞掉了

从诗人胸口划过的游隼。

咩咩叫,咩咩叫,咩咩叫呀,面具们!

欧罗巴拔掉了乳房

亚细亚失去了扶手椅席位

亚美利加是一头

不再需要面具的鳄鱼。

残缺的梳齿和长颈瓶发出

微弱的乐音。

(推动柜子,带着轮子的柜子移动了,下场,面具们咩咩地叫着。)

第六场

(舞台上使用与第一场相同的装饰。左边,一个巨大的马头被放在地上。右边,墙上有一只大大的眼睛和一组带着云朵的树木。舞台导演和魔术师一起入场。魔术师身穿燕尾服和长到脚面的白缎子披风,戴着高筒礼帽。导演穿着与第一场一样的服装。)

导　演：　　一个魔术师没法解决这件事儿,医生、天文学家也不能,谁都没法解决这事儿。把那些狮子放开,然后向它们喷洒硫黄简直易如反掌。您就别再说了。

魔术师：　　我觉得,您,戴着面具的人,已经不记得我们魔术师都是用深色幕布的。

导　演：那得是人们都在天上的时候。但是，如此暴戾的气氛让人们变得赤裸裸，甚至小孩子都拿起小刀来割破幕布，请您告诉我，这样一个地方，又能用什么样的幕布呢？

魔术师：当然，魔术师的幕布会在诡计的暗黑中预设出一种秩序，所以你们为什么要选择一出老掉牙的悲剧，而不去演一场不同凡响的戏呢？

导　演：那是为了通过一个只会发生一次、很独特却能被所有人接受的例子来表现每天所有大城市和乡村发生的事情。我本来也可能选择俄狄浦斯或奥赛罗。相反，如果幕布开启时露出的是原封不动的真相，那么从最初那些场景开始，剧场的排椅就会染上鲜血。

魔术师： 如果他们像苦闷的莎士比亚在《仲夏夜之梦》中那样，凭借讽刺的手法用上"黛安娜的花朵"，也许表演早就可以大获成功。如果爱情是纯粹的偶然，而精灵的女王蒂塔尼娅爱上了一头驴子，那么贡萨洛跟那个端坐在他膝头的白衣少年一起在歌舞厅里畅饮也就没什么特别的了，因为这两者的过程并没什么两样嘛。

导　演： 我求您别再说下去了。

魔术师： 你们快搭建一个铁丝拱门吧，挂上块幕布，树起一棵有着新鲜叶子的树，再及时将幕布拉开或关上，那么就算那棵树最后变成一枚蛇卵，也没人会觉得奇怪。可是你们想做的却是去杀死鸽子，并用一块沾满饶舌口水的大理石来取而代之。

导　演： 可是我们别无选择啊。我和我的朋友们曾在地下开通了一条地道而没有引起城里人的注意。有很多工人和学生当时都帮助了我们，可现在他们却不顾手上留下的伤口矢口否认。我们都是等到了坟墓时才拉开幕布。

魔术师： 坟墓里能搞出什么样的戏剧呢？

导　演： 一切戏剧都来自幽闭潮湿的地方。所有真正的戏剧都有着一股腐烂月亮的浓浓臭味。当衣服说话的时候，那些生者就成了骷髅地[1]墙壁上骨制的按钮。我挖了地道就是为了占有那些衣服，等观众们别无他法，只能来到剧院，满怀情感地被剧情征服的时候，我就通过那些衣服来展示一种隐秘力量的端倪。

1　骷髅地（calvario），耶稣被钉上十字架的受难之处。——译注

魔术师： 我可以毫不费力地把一瓶墨水变成一只戴满古老戒指的断手。

导　演： （生气地）但那都是假象！那是剧院！我之所以花了三天时间与那些树根和水流的冲击搏斗，就是为了要将那剧院摧毁。

魔术师： 我早就知道。

导　演： 我还想证明，如果罗密欧与朱丽叶经历一番痛苦死去，但在落幕后又微笑着醒来，那我的剧中人反而会烧掉幕布，在所有观众的注视下真正地死去。马儿们、海洋和野草的军队曾阻止其发生。但终有一天，当所有剧院都被烧着的时候，人们会在沙发上、镜子背后和金箔纸板做成的杯子里面发现，我们的死者都被观众囚禁在那里。一定得把剧院摧毁，要么就在那里活下去！只从窗户那里吹口哨是不行的。如果狗儿们都在温柔地呻吟，那就应该不顾一切地拉开幕布。我曾认识一个人，他清扫剧院的屋顶，擦净天窗和扶手，只是为了向老天献殷勤。

魔术师： 如果您再往上迈一级台阶，您就会觉得人不过如草芥一般。

导　演： 不是草芥，而是水手。

魔术师： 我可以把一个水手变成一枚缝衣针。

导　演： 这恰恰就是人们在戏剧中做的事情。正因如此，我才斗胆去完成一个困难至极的诗歌技巧，企盼着爱情能够勇猛地冲破束缚，并赋予服装以新的形状。

魔术师： 您说到爱情的时候，我还真是大吃一惊呢。

导　演： 您大吃一惊？为什么？

魔术师： 我看到一面模糊不清的镜子里映着

沙子的风景。

导　演：　还有什么?

魔术师：　还有，黎明永远都不会结束。

导　演：　那倒是有可能。

魔术师：　(不高兴地，用手指敲打着马头。)爱情。

导　演：　(在桌旁坐下。)您说到爱情的时候，我还真是大吃一惊呢。

魔术师：　您大吃一惊? 为什么?

导　演：　我看到每一颗沙粒都变成了一只活生生的蚂蚁。

魔术师：　还有什么?

导　演：　还有，每五分钟，天就会黑一次。

魔术师：　(定定地看着他)那倒是有可能。(停顿。)但是，对那些在地下开剧院的人还能指望什么呢? 如果您打开那扇门，剧院里也许就会充满藏獒、疯子、怪异的树叶和下水道的老鼠。有谁曾想过一出戏中所有的门都能被打破?

导　演：　打破所有的门,这是戏剧用来证明自己的唯一方式,戏剧会亲自见证,律法是一堵墙,但会在最微小的那滴鲜血里溶化。我讨厌那个用手指在墙上画了一扇门,然后又安心睡去的垂死者。真正的戏剧是一圈儿拱门,空气、月亮和芸芸众生在那里进进出出,根本没有歇脚的地方。您此时就站在一个剧院中,这里上演真正的戏剧,进行着让所有演员都付出生命的真正战斗。(哭泣。)

仆　人：　(匆匆走进。)先生。

导　演：　出了什么事儿?(小丑的白衣服上场,一同上场的还有一位身着黑衣的女士,她脸上蒙着一块厚厚的面纱,让人看不到她的面孔。)

女　士： 我的儿子在哪里？

导　演： 什么儿子？

女　士： 我的儿子贡萨洛。

导　演： （恼怒地）演出结束的时候，他跟那个和您一道来的小伙子一起匆匆忙忙地下到剧院的乐池里去了。后来，催场员看见他在服装间那张皇帝的大床上躺着。您根本就不应该问我。今天一切可都是在地下发生的。

小丑的衣服： （哭泣）恩里克。

女　士： 我的儿子在哪里？今天早晨，渔夫们给我带来一条巨大的月鱼，它是那么苍白而又支离破碎，渔夫们冲我喊道：这是你的儿子！由于从那条鱼的嘴里不断流出一线血水，孩子们都笑起来，他们的靴子底染成了红色。当我关上我的大门，我发现市场里的人正将那条鱼拖向大海。

小丑的衣服： 拖向大海。

导　演： 演出几个小时前就结束了，对所发生的事情我可不负责任。

女　士： 我要去告发，我要当着所有人的面来求得公正。（作势离开。）

魔术师： 夫人，您不能从那里出去。

女　士： 说得有理。大厅里是完完全全的一片漆黑。（欲从右边的门下场。）

导　演： 从那儿也不成。您会从天窗掉下去的。

魔术师： 夫人，行行好吧。还是让我来给您领路吧。（脱下斗篷，用斗篷盖住女士。用双手做了几个手势，扯掉斗篷，女士消失了。仆人推搡着小丑的衣服，让他从左边消失。魔术师拿出一把白色的大扇子，开始扇起来，同时温柔地唱着歌。）

导　演： 我冷。

魔术师： 怎么了？

导　演：　我跟您说我冷。

魔术师：　（扇着扇子）冷，这是一个美丽的词。

导　演：　多谢这一切。

魔术师：　这没什么。把东西消除掉并不难，难的是把它们摆出来。

导　演：　替换就更难了。

仆　人：　（上场。）天有点冷。您想让我把暖炉点上吗?

导　演：　不。我们不得不忍受这一切，因为我们已经打破了门，拆掉了屋顶，现在只剩下戏剧的这四面墙壁了。（仆人从场中央的门出去。）可是没关系。还剩了些柔软的草可以用来睡觉。

魔术师：　用来睡觉!

导　演：　毕竟，睡觉就是在播种啊。

仆　人：　先生! 我可受不了这份冷了。

导　演：　我跟你说过我们得忍着，不是随便什么阴谋都可以打败我们的。去履行你的职责吧。(导演戴上了手套,竖起燕尾服的领子,全身颤抖着。仆人下场。)

魔术师: (扇着扇子)难道冷是一件坏事吗?

导　演: (声音虚弱地)冷是一种戏剧因素,跟其他任何戏剧因素相比没什么两样。

仆　人: (颤抖着从门里探出身来,手放在胸前。)先生!

导　演: 什么?

仆　人: (跪倒在地。)观众在那儿。

导　演: (趴倒在桌子上。)让他们进来!

(魔术师坐在马头的近旁,吹着口哨,高兴地扇着扇子。舞台布景的左边一角裂开,露出有着长长云朵的天空,生动地闪烁着亮光,白色的、硬邦邦的、空空的手套雨点般落了下来。)

声　音：　　（场外。）先生。

声　音：　　（场外。）什么。

声　音：　　（场外。）观众。

声　音：　　（场外。）让他们进来。

（魔术师活泼地向空中挥舞着扇子。舞台上开始飘下了雪花。）

　　　　　　　　　　　　　　　　　幕落

　　　　一九三〇年八月二十二日，星期六

就这样过五年

人　物

青年

老者

亡童

死猫

男仆

第一位友人

第二位友人

女打字员

未婚妻

着新娘装的假人模特

橄榄球运动员

女仆

未婚妻父

哑剧小丑

喜剧丑角

姑娘

面具与赌客

第一幕

（图书馆。青年端坐着。身穿蓝色睡衣。老者穿着灰色燕尾服，蓄着白色胡须，戴着大大的金边眼镜，同样端坐着。）

青　年：　　我并不吃惊。

老　者：　　抱歉……

青　年：　　对我来说，一直都是如此。

老　者：　　（和蔼地，带着探究意味地）是吗？

青　年：　　是呀。

老　者：　　那是……

青　年：　　我记得……

老　者：　　（笑）总是"我记得"。

青　年：　　我……

老　者：　（急切地）说下去……

青　年：　我那时都是把糖果存起来留着以后再吃。

老　者：　以后再吃，是吧？那样糖果就更好吃。我也是这样。

青　年：　我记得有一天……

老　者：　（冲动地打断）我实在是太喜欢"我记得"这个词儿了。这词儿透着一股绿茵茵、水灵灵的劲儿，不停地流淌出清凉的细流。

青　年：　（兴奋起来，摆出自信的样子）对，对，当然了！您说得对。必须要跟那种颓废的想法、跟那些剥落得吓人的墙皮抗争。有好多次，我都是半夜三更起床，去拔花园里的草。我可不希望家里杂草丛生、家具破败。

老　者：　对呀。根本不能有破家具，因为还得回忆呢，但是……

青　年：　但是要回忆那些活生生的事物，因为有滚烫的鲜血，事物的所有轮廓都还完好无损。

老　者：　好啊！也就是说（压低声音），得去回忆，得去回忆从前。

青　年：　从前？

老　者：　（悄悄地）对，要想着明天去回忆。

青　年：　（出神）想着明天！

（报时钟敲了六下。女打字员走过舞台，默默哭泣着。）

老　者：　六点了。

青　年：　对，六点了，实在是太热了。（站起身。）看起来要有暴风雨。不过天空真美，布满灰色的云……

老　者：　所以您这是要……？我跟那家人很熟，特别是跟那位父亲。他是干天文这一行的。（嘲讽地）不错啊，是不是？搞天文学的。那她呢？

青　年：　我对她不太了解。不过没关系。我相信她是爱我的。

老　者：　那是确定无疑的!

青　年：　他们长途旅行去了。我还有点儿高兴呢……

老　者：　她父亲来过了吗?

青　年：　从未来过!现在也不可能来……出于莫名其妙的原因,我得过五年才能和她结婚。

老　者：　很好!（兴高采烈。）

青　年：　(严肃地)您为什么要说"很好"?

老　者：　因为……这很漂亮?（指着房间。）

青　年：　才不漂亮呢。

老　者：　她离开的时候你不忧伤难过吗?那些有可能发生的事儿,那些眼看着就要发生的事儿,不都让你不高兴吗?……

青　年：　没错,没错。您别跟我说这些了。

老　者： 街上怎么了？

青　年： 噪声，总是闹哄哄的，尘土，热浪，难闻的气味。我讨厌街上的那些东西进到我家里来。（传来一声长长的呻吟。停顿。）胡安，把窗户关上。

（一名精干的男仆踮着脚尖儿走去关上了落地窗。）

老　者： 她么……正值青春呀。

青　年： 是非常年轻。才十五岁！

老　者： 我不喜欢这种表达方式。那十五"岁"是她经历过的岁月，构成了她本人。不过，为什么不说她有"十五场雪""十五缕风""十五道晨曦"？您不敢逃走吗？不敢去飞翔？不敢将您的爱扩展到整个天空吗？

青　年： （坐下，用双手捂住脸。）我太爱她了！

老　者： （站起来。充满活力地）不然也可以说：她有"十五朵玫瑰""十五只翅膀""十五粒沙子"。难道您不敢集中精力，让心中的爱变得伤痕累累、微乎其微吗？

青　年：您是想让我离开她。不过我已经对您的伎俩心知肚明了。只需观察一会儿手掌上还活着的小虫子，或是花一个下午时间去看看海，关注每一个浪头，我们心中的那个面庞或那道伤口就都会化成泡沫。然而，我陷入了爱情，而且我乐在其中，我那么爱她而她也如此爱我，因此我能够等待五年，等着能行夫妻之事的那一晚，到那时，整个世界一片黑暗，她那散发光芒的发辫缠绕在我颈间。

老　者：请允许我提醒您，您的未婚妻……并没有发辫。

青　年：（气急败坏地）我知道。她没经我允许就把辫子剪掉了，当然了，这事儿……（闷闷不乐）改变了她给我的印象。（激动地）我知道她没有辫子。（几乎暴怒地）您干吗要提醒我这事儿呀？（忧伤地）不过在这五年里她会重新长出辫子的。

老　者： （热情洋溢地）而且比以前的还要漂亮。会有辫子的……

青　年： 就是有，就是有。（快活地。）

老　者： 会有散发着馨香的发辫，有了那清香，人就算没有面包和水都能活下来。

青　年： （站起来。）我的心愿如此强烈！

老　者： 您的梦想如此之多！

青　年： 怎么？

老　者： 您想得太多了，以至于……

青　年： 我可是活生生的呀。从外向内的一切都是滚烫炙热的。

老　者：　（递给青年一杯水）喝吧。

青　年：　谢谢！一旦我开始想念我的小姑娘，我的小女孩儿……

老　者：　您直接说"我的未婚妻"嘛。大胆一些！

青　年：　不行。

老　者：　为什么呀？

青　年：　未婚妻……您是知道的呀；我一提"未婚妻"，就会看到她不情愿地被笼罩在一片由白雪形成的粗大发辫包围着的天空里。不，她不是我的未婚妻（做了一个动作，像是在推开想要抓住他的某个人），她是我的小女孩儿，是我的小姑娘。

老　者：　继续说，继续说。

青　年：　如果我开始想念她，我就会描画她，让她动起来，那么鲜活、白皙；可是突然间，不知是谁改了她的鼻子，弄断了她的牙齿，甚或将她变成另一位褴褛妇人，从我的脑海中经过，丑陋可憎，就像照着一面游乐园里的哈哈镜。

老　者：　是谁呢？您会问"谁"，这可真像是开玩笑！可我们眼前那些事情发生的改变可远比我们脑子里认为的要多得多。顺流而来和奔涌而去的水是完全不同的。而又有谁能回忆起荒漠之沙的确切地图……或是随便哪位朋友的面庞？

青　年：　是啊，是啊。我的内心尽管也会改变，但毕竟还充满着活力。您瞧，我最后一次见到她时，我无法凑近了端详她，因为她额头上有两道小皱纹，您明白吗？我一不注意，那皱纹就会爬满她整个面庞，让她变得衰老又憔悴，就像经受过多大苦难似的。我那会儿就必须躲得远远的，好把她……铭记……就是这个词儿，铭记在心。

老　者： 那么在您发现她老态的那一刻，她就算完完全全委身于您了？

青　年： 对。

老　者： 完完全全听命于您？

青　年： 没错。

老　者： （兴奋地）那么如果恰恰就在那一刻，她坦白自己欺骗过您，她并不爱您，那些小皱纹还会变成世界上最娇嫩的玫瑰吗？

青　年： （兴奋地）会的。

老　者： 正是因此您才更爱她吧？

青　年： 是的，是的。

老　者： 那么？哈，哈，哈！

青　年： 那么……活下去就会很难呀。

老　者： 所以就得从一样东西飞奔向另一样

東西，直到迷失自我。如果她有十五"岁"，那也可以有十五道晨曦或十五片天空，我们往上去！到更广阔的地方！你内心的东西要比外面那些暴露给空气或死亡的东西更鲜活。这就是为什么我们……我们不打算前往……就是为什么我们要等待。因为还有一种选择是立时就死去，但想到明天我们还能看到太阳用成百道金角般的光芒掀开云层，也还是那么美好。

青　年：　　（朝老者伸出手）谢谢！谢谢这一切！

老　者：　　我会回到这里来的！

　　　　　　（女打字员上场。）

青　年：　　那些信您都写完了？

女打字员：　（哭泣着）是的，先生。

老　者：　　（对青年）她怎么了？

女打字员：　我想离开这所房子。

老　者：　　这很容易，不是吗？

青　年：　　（惶惑地）您瞧！……

女打字员：　我想离开，可我做不到。

青　年：　　（温柔地）可不是我要阻止你离开的。你知道我是无能为力的。我已经跟你说了好几次让你等一等，可你却……

女打字员：　可我才不会去等待呢；"等待"到底是怎么一回事儿呢？

老　者：　　（一本正经）为什么不等待呢？等待就是相信与生活！

女打字员：　我不等待是因为我不愿意，因为我不想，不过，我也没法儿从这儿离开。

青　年：　　你最后总要这么无理取闹！

女打字员：　我又能有什么理？唯一的那个理就是……我爱你！一直都是如此。（对老者）您别觉得吃惊，先生。他小时候我就在自家阳台上看他玩儿。

　　　　　　　有一天，他摔倒了，膝盖都流了血，你还记得吗？（对青年）我对那血迹的记忆至今仍然鲜明，就仿佛那是一条鲜红的蛇，在我胸膛间颤抖。

老　者： 这不对呀。血早就干了，过去的事情就都过去了。

女打字员： 可我又有什么错，先生！（对青年）我求你给我把账结了吧。我想离开这所房子。

青　年： （愠怒地）很好。这根本也不能怪我。你很清楚，我已经心有所属了。你可以走了。

女打字员： （对老者）您听到他的话了吗？他要把我从他家里赶出去。他不想让我待在这儿。（哭泣。离开。）

老　者： （悄悄地，对青年）这女人很危险啊。

青　年： 要让我爱上她，就跟让我在泉水边感到口渴一样。我倒是可能愿意……

老　者： 那绝不可能。你明天要干点儿什么？嗯？想一想。明天！

友　人： （吵吵嚷嚷地进来）这房子里可太静了，这是干吗呢？给我水。加上茴香酒和冰！（老者离开。）来杯鸡尾酒。

青　年： 我想你还不至于弄坏我的家具吧。

友　人： 孤独的男人，严肃的男人，还这么热！

青　年： 你就不能坐下吗？

友　人： （把青年抱起来转圈儿。）

叮，叮，当，

圣胡安的小火苗。

青　年： 放开我！我可不想胡闹。

友　人： 喔唷！那个老头儿是谁呀？你的一个朋友？那些跟你上床的姑娘的画像在什么地方？瞧（走近），我要薅住你的领子，往你那蜡黄的脸蛋上抹胭脂……或者这样，搽一搽。

青　年：　　（愠怒地）放开我！

友　人：　　我用一根手杖就能把你赶到街上去。

青　年：　　到了街上我又能做些什么呢？是你喜欢去街上，对不对？单单听到那满大街的汽车和没头苍蝇一样的人群，我就觉得费劲。

友　人：　　（坐下，伸展四肢躺到沙发上。）哎呀！嗯！我吗，可不是这样……昨天征服了三个，前天两个，今天一个，那么结果是……我谁都不跟，因为我没时间。我以前交往过一个姑娘……埃尔内斯蒂娜。你想认识她吗？

青　年：　　不想。

友　人：　　（坐起身。）"不——想——"，然后签字画押。等你真见了她再说！她那身材呀！！……不对……玛蒂尔德的身材要好得多。（热情高涨地）

> 啊，我的上帝呀！（跳起来，伸直身体倒在沙发上。）你看，那是一个适合所有臂弯尺寸的身材，是那么脆弱，让人恨不得拿一把小巧的银斧子来分割它。

青　年：　（心不在焉，根本没在意谈话内容）那我上楼去了。

友　人：　（俯身趴在沙发上。）我没时间！我一点儿时间都没有！干什么都匆匆忙忙的。因为，你能想象得到！我跟埃尔内斯蒂娜约会。（站起来。）那发辫就在这儿，扎得紧紧的，乌黑乌黑的，然后……

（青年不耐烦地用手指敲着桌子。）

青　年：　你让我没法思考！

友　人：　可根本用不着思考啊！我走了。就算……（看了眼钟。）已经过时间了。太糟糕了，总是这样。我没时间，抱歉啦。我是要去见一个丑八怪，你听见了吗？哈哈哈哈，她难看极了，但令人倾慕。她是人们会在夏日中午想念的那种黑姑娘。我喜欢她（将一个靠垫抛向高处），因为她就像个驯兽师。

青　年：　够了！

友　人：　好啦，伙计，你别发火嘛，可一个女人有可能是个丑八怪，一个驯马师也可能是大美人，反之亦然……我们又怎么能知道呢？（倒了满满一杯鸡尾酒。）

青　年：　没事儿……

友　人：　可你愿意告诉我你到底怎么了吗？

青　年：　没事儿。你还不了解我吗？我脾气就这样。

友　人：　我不明白。我不明白，但我也没法跟你正经起来。（笑。）我要像中国人那样问候你。(用自己的鼻子去蹭青年的鼻子。)

青　年：　(微笑着)起开!

友　人：　笑一个吧。(挠他的痒痒。)

青　年：　(笑着)你这野人。

　　　　　(打闹。)

友　人：　来个平衡支撑。

青　年：　我玩得过你。

友　人：　我抓住你了。(把青年的头压在两腿之间打他。)

老　者：　(庄重地走进来)劳驾……(两个年轻人站在那儿。)请原谅……(看着青年，大声地)我可能把帽子忘在这儿了。

友　人：　(惊讶地)什么?

老　者：　(愤怒地)是的，先生! 我可能把帽子忘……(咬牙切齿地)我是说，我把帽子忘在这儿了。

友　人：　哦——!

（传来玻璃碰撞的巨响。）

青　年：　（高声地）胡安。把窗户都关上。

友　人：　只是一场雷阵雨。但愿来得猛烈一些!

青　年：　我可不想知道什么暴风雨！（高声地）全都关好了啊。

友　人：　雷声你总会听得见!

青　年：　噢；不!

友　人：　噢，是!

青　年：　外面发生什么我一点儿也不关心。这所房子是我的，谁也别想进来。

老　者：　（愤怒地，对友人）这是无可辩驳的事实!

（远处传来雷声。）

友　人：　（动情地）任何想进来的人都会进来，不是到这里，而是去你的床底下。

（雷声更近了。）

青　年：　（高喊着）可是现在不行，现在不行!

老　者： 没错!

友　人： 把窗户打开! 我热。

老　者： 会打开的!

青　年： 等会儿再开!

友　人： 可咱们来瞧瞧……你们是想告诉我……

（又传来一阵雷声。光线照射下来，暴风雨那泛着蓝色的闪电光芒照进舞台。三人躲到一个绣着星星的黑色屏风后面。亡童带着猫出现在左侧大门处。他身着第一次领圣体时穿的白色礼服，头戴白玫瑰的花冠。在他那涂满蜡的脸上，他的双眼和如干枯百合一般的嘴唇格外醒目。他拿着一支雕花纹饰的蜡烛和一个带着金色流苏的大蝴蝶结。猫穿着蓝色衣服，头上和灰色的胸口上有两大块红色的血迹。他们朝着观众走过来。亡童牵着猫的一只爪子。)

猫： 喵。

亡　童： 嘘……

猫： 喵呜。

亡　童： 拿上我的白手帕，

拿上我的白花冠，

请你不要再哭泣。

猫： 顽童弄伤我后背，

伤口令我痛难忍。

亡　童： 我心同样令我痛。

猫： 孩子请你快开言，

心痛却是为哪般？

亡　童： 因心再也不跳动。

床上夜莺亦滞留，

慢慢停歇在昨日。

嘈杂纷纷多烦扰，

窗前玫瑰伴我身，

愿你亲眼来观瞧……

猫: 你可有何感觉?

亡　童: 我感到那大厅里

泉流淌蜜蜂飞舞。

我双手却被绑缚,

实在是糟糕透顶!

透过那窗户玻璃,

孩童们将我观瞧,

一男子挥舞铁锤,

把那些纸制星星,

一颗颗钉进棺材。

（交叉双手）

天使们并没有来。没来啊,猫少爷。

猫: 别再叫我"猫少爷"。

亡　童: 不行吗?

猫: 我是猫小姐。

亡　童: 你是母猫?

猫: （撒娇地）你早就该知道这事儿啦。

亡　童: 为什么?

猫: 因为我那银铃般的声音。

亡　童: （殷勤地）你不想坐下来吗?

猫: 想啊。我都饿了。

亡　童: 我看看能不能给你找一只老鼠。

（开始往椅子下面看。猫哆哆嗦嗦地坐在一张凳子上。）

你可别把一整只都吃掉。只吃一只小爪子吧，因为你病得很厉害。

猫: 那些小孩儿朝我扔了十块石头呢。

亡　童: 那些石头就跟昨晚压在我喉咙上的玫瑰一样重。你想要一朵吗?

（从头上摘下一朵玫瑰。）

猫: （高兴地）是的，我想要。

亡　童: 带着你斑斑蜡痕，白色的玫瑰，

我看你就像残月的眼睛，

昏倒在玻璃中间的羚羊。

（把花给猫戴上。）

猫: 你以前都干什么?

亡　童：　玩儿。你呢?

猫：　　玩儿!

猫宝贝逡巡在屋顶,

洋铁皮做成小鼻子。

早上到水里去抓鱼,

午睡在墙边花丛下。

亡　童：　那晚上呢?

猫：　　（强调）我独自游荡。

亡　童：　没有别人?

猫：　　在树林里转悠。

亡　童：　（高兴地）

我也去游荡,

啊,不值钱的猫宝贝,

洋铁皮做成小鼻子!

去吃黑莓和苹果。

然后去教堂,

跟孩子们一起玩"山羊"。

猫：　　什么是"山羊"?

亡　童：　　　就是去吸吮门上的钉子。

猫：　　　　它们很好吃吗?

亡　童：　　　不好吃，猫小姐。

那就像在吸吮硬币。

（远处传来雷声。）

啊！等一下！他们没来吗？我害怕。

你知道吗？我是从家里逃出来的。

（带着哭腔）

我不想让他们将我埋葬。

花边和玻璃装饰了我的棺木；

但最好还是让我

长眠在水里的灯芯草丛中。

我不想让他们将我埋葬。咱们快走吧！

（拉扯猫的爪子。）

猫：　　　　我们要被埋葬了吗？什么时候？

亡　童：　　　就在明天，

埋在黑黢黢的洞穴中。

所有人哭泣，所有人沉默。

|||但他们都会离去。对此我已看在眼中。

|||然后,你知道吗?

猫: ||会怎样?

亡　童: ||它们会来吃掉我们。

猫: ||谁?

亡　童: ||公蜥蜴和母蜥蜴,

|||带着它们的小崽子,

|||数也数不清。

猫: ||吃我们的什么?

亡　童: ||吃我们的脸,

|||还有手指头,

|||(压低声音)

|||外加"小弟弟"。

猫: ||(恼怒地)

|||我可没有"小弟弟"。

亡　童: ||(充满活力地)

|||猫小姐呀!

|||它们要吃掉你的爪子和胡子。

　　　　　　（非常遥远的雷声。）

　　　　　　咱们走吧；从一处房子游荡到另一处房子，

　　　　　　一直去到海马吃草的地方。

　　　　　　那里并不是天空。

　　　　　　有着坚实的土地

　　　　　　无数蟋蟀在唱歌，

　　　　　　绿草茵茵轻摇曳，

　　　　　　白云朵朵平地起，

　　　　　　投石频出弹弓索，

　　　　　　风儿吹过似利剑。

　　　　　　我想当孩子，一个男孩儿！

　　　　　　（走向右侧的门。）

猫：　　　那扇门已经关上了。

　　　　　　咱们从楼梯离开吧。

亡　童：　从楼梯走会被看见。

猫：　　　伺机而动嘛。

亡　童：　他们已经来埋葬我们了！

猫： 咱们快从窗户跑吧。

亡　童： 我们再也看不到光，

再也看不到平地飘起的云朵，

再也看不到草叶上的蟋蟀，

再也看不到如利剑般的风。

（交叉双手。）

啊，向日葵哟！

啊，火焰的向日葵哟！

啊，向日葵哟！

猫： 啊，太阳的石竹花哟！

亡　童： 天空渐渐暗淡。

只留下煤炭的山与海，

还有沙地上一只死去的鸽子，

翅膀已被折断，口中却还衔着花朵。

（唱）

花中有一枚橄榄，

橄榄中有一颗柠檬……

该如何继续？……我不知道，该如

何继续?

猫： 啊，向日葵哟！

啊，清晨的向日葵哟！

亡　童： 啊，太阳的石竹花哟！

（光线微弱。亡童和猫分开来，摸索着行走。）

猫： 没有光啊。你在哪儿？

亡　童： 别出声！

猫： 那些蜥蜴就要来了吗，小孩儿？

亡　童： 还没有。

猫： 你找到出口了吗？

（猫走近右侧的门，出现了一只手将她推向里面。）

（从里面）

小孩儿！小孩儿！

（痛苦地）

小孩儿，小孩儿！

（亡童恐惧地向前走，每走一步都停

一下。)

亡　童：　　（低声地）

它已经被埋掉了。

有一只手抓住了它,

那应该是上帝的手。

请你不要埋葬我！再等几分钟……

让我把这朵花儿的叶子摘掉！

（从头上取下一朵花,摘掉花的叶子。）

我要一个人走,慢慢地走,

之后你就让我看太阳……

要求不多,一缕阳光就让我欢喜。

（摘着叶子。）

行,不行,行,不行,行。

声　音：　　不行。不行！！

亡　童：　　我一直都说的是"不行"！

（一只手伸出来,将晕倒的亡童拉进去。亡童从舞台上消失后,光线又恢复到最初的色调。青年、友人和老者重又从屏风后面迅速走出。三人做出很热的样子,显得很激动。青年手持一把蓝色的扇子;老者手中的扇子是黑色的,而友人的扇子则是刺眼的红色。三人都扇着扇子。)

老　者： 以后还会有这样的事情。

青　年： 是啊。以后。

友　人： 这就已经足够了呀。我觉得你没法躲开暴风雨。

声　音： （在场外）我的儿子！我的儿子啊！

青　年： 先生,这一下午是怎么了呀！胡安,是谁在这么嚷嚷?

男　仆： （进来,说话声音一直很轻,走路也总是蹑手蹑脚。）女门房的儿子死了,现在人家要把他带去下葬。他妈妈在哭呢。

友　人： 那她当然会哭！

老　者： 是啊,是啊,可事情毕竟已经发生了。

友　人：可是,事情是正在发生啊!(二人争吵。)

(男仆穿过舞台,要从左侧的门出去。)

男　仆：先生,能劳驾您把您卧室的钥匙给我吗?

青　年：要干什么?

男　仆：那些小孩儿弄死了一只猫,还扔到花园的天篷顶上去了,得去把它弄下来。

青　年：(厌烦地)拿去吧。(对老者)您肯定受不了他!

老　者：我根本就不感兴趣。

友　人：才不是真的呢。他感兴趣。不感兴趣的人是我,我确定无疑地知道,雪是凉的,火是烫的。

老　者：(嘲讽地)那也不一定。

友　人：(对青年)他在骗你呢。

(老者目光灼灼地盯着友人,双手把帽子都揉皱了。)

青　年：　（有力地）那对我的性格不会产生一丁点儿影响。我还是我。要为一个女人等上整整五年，心中充满了日益增长的爱，并在其中煎熬，这滋味你是没法明白的。

友　人：　根本没必要等呀！

青　年：　要克服那些物质条件，还要跨越那些在路上冒出来并且越来越多的障碍，与此同时，还不给任何人造成痛苦，你觉得我能做得到吗？

友　人：　你可比别人先到一步呢！

青　年：　等待的时候，疙瘩自会解开，果实也会成熟。

友　人：　果子我还是更愿意吃青的，或者还有更好的，我喜欢掐掉它的花儿，装饰在我的领子上。

老　者：　才不是呢！

友　人：　您的岁数实在太大了，没法了解这些！

老　者：　（严肃地）我奋斗一生就是为了在那些最黑暗的地方点亮一盏灯。当人们已经去拧断鸽子的脖子，我却抓住他们的手，帮助鸽子飞走。

友　人：　那么那个抓鸽子的人自然就被饿死了呗！

青　年：　饿肚子也是福啊！

（第二位友人在左侧大门处出现。他一身白色衣服，是精致得无可挑剔的羊毛套装，戴着同样白色的手套和鞋子。如果这个角色不能由一个非常年轻的男演员来扮演，那么就应由女演员来扮演。服装的裁剪应该是非常夸张的风格；会有大大的蓝色纽扣，马甲和领带都配有花边纹饰。）

第二位友人：　只有守着烤面包和油，之后还能美美睡上一觉，永远都不要醒，这样才算是福啊。我听到你说的话了。

青　　年：（吃了一惊）你从哪儿进来的?

第二位友人：从哪儿都能进啊。从窗户。我的两个发小帮了我一把。我还很小的时候就认识他们了,他们帮忙推我的脚来着。马上要下暴雨了……去年下的那场暴雨真是很美妙。那会儿光线那么暗,我的手都变成黄色的了。(对老者)您还记得吗?

老　　者：（态度生硬地）我什么都不记得了。

第二位友人：（对第一位友人）你呢?

第一位友人：（一本正经地）也不记得了!

第二位友人：我那时还很小,但所有细节我都记得清清楚楚的。

第一位友人：你看……

第二位友人：所以我不想看到这一次的暴雨。雨是很美丽的。它进到学校,就在院子里,将雨滴里那些小小的裸女都摔到墙上去。你们都见过那些裸女吗？那是我五岁的时候……不，是我两岁的时候……不对！一岁，是我只有一岁的时候，很美妙，是不是？一岁，我那时还抓到一个那样的雨中小人儿，让她在一个鱼缸里待了两天。

第一位友人：（带着嘲讽的口吻）她长大了吗？

第二位友人：没有！她变小了，越来越年轻，就像她本该如此，如同一切都恰到好处，直到最后她除了一滴水什么都没留下。她还唱了一首歌……
我为我的翅膀归来，
请让我归来！
我愿意在黎明死去，
我愿意在昨日死去。
我为我的翅膀归来，
请让我归来！
我愿意作为泉水死去，

我愿意在大海之外的地方死去……

这正是我时时歌唱的内容。

老　　者： （愠怒地，对青年）他彻底疯了。

第二位友人： （听到了老者的话）疯了，因为我不想像您一样满脸皱纹，这儿疼那儿疼的。因为我想照自己的心意生活，可总有人不许。我并不认识您。我不想见到像您这样的人。

第一位友人： （喝着酒）所有这一切都不过是对死亡的恐惧。

第二位友人： 才不是呢。就在刚才，我进来之前，我看到人们正要带一个孩子去下葬，那时天刚开始落雨。我就希望自己能这样被人们埋葬，我躺在这么一具小小的棺木里，而你们却要去跟一场暴风雨抗争。不过我的脸本是我自己的，而他们却正把它从我这儿偷走。我那时温柔和气，总是唱

|||着歌。现在有一个男人，一位先生，（对老者）就像您一样，在内心深处戴着两三个准备好的面具。（拿出一面镜子，看着镜中的自己）不过还没用上面具，我还看得见自己爬到了樱桃树上……穿着那件灰色外衣……那是一件带着几个银锚配饰的灰色外衣……我的上帝啊！（用双手捂住了脸。）

老　　者：衣服会破，银锚会被氧化，而我们得一直向前进。

第二位友人：噢，劳驾，请您别这么说！

老　　者：（兴奋地）房子都倒塌了。

第一位友人：（激动地，表现出争辩的态度）房子才不会倒塌呢。

老　　者：（不动声色地）眼里的光熄灭了，一把锋利的镰刀收割了岸边的灯芯草。

第二位友人：（严肃地）当然了！所有这些以后都

会发生!

老　者：　　　正相反。这些已经发生了。

第二位友人：往后一切都归于平静了。您怎么可能对此一无所知呢?只不过是要慢慢温柔地唤醒那些事物。不过,四五年后会有一口井,我们所有人都要掉到里面。

老　者：　　（愤怒地）别说了!

青　年：　　（颤抖着,对老者）您听到了吗?

老　者：　　太过分了。（迅速地从右侧的门出去。）

青　年：　　（在后面）您要去哪儿?怎么就这么走了?您等等啊!（紧跟着出去。）

第二位友人：（耸了耸肩膀）好吧。他肯定是老了。而您呢,也根本没反对。

第一位友人：（一直在不停地喝酒）没有。

第一位友人：您呀,喝得实在是太多了。

第一位友人：（一本正经,但面露醉容）只要我觉得对,我想干啥就干啥。我又没问您的意见。

第二位友人：（害怕地）就是，就是……而且我什么也没跟您说呀……（坐在一把扶手椅上，把两腿蜷曲起来。）

（第一位友人迅速喝干了两杯酒，自己拍了一下额头，好像想起了什么事儿，脸上挂着欣喜若狂的笑容，迅速地从左侧的门跑出去。第二位友人将脑袋靠在扶手椅上。男仆出现在右侧，仍是一贯的慎重姿态，踮着脚尖走路。开始下雨。）

第二位友人：下暴雨了。（看着自己的双手。）可这光线可真难看啊。（睡着了。）

青　年：　（上场）明天他还会回来。我需要他。（坐下。）

（女打字员出现。带着一个箱子。她穿过舞台，在舞台中间时却快速返回。）

女打字员：　你叫我来着？

青　年：　　　（闭上双眼）没有。我没有叫你。

　　　　　　　（女打字员离开，一直热切地回望，期待着青年叫她。）

女打字员：　（在门口）你需要我吗？

青　年：　　　（闭上眼睛。）不，我不需要你。

　　　　　　　（女打字员离开。）

第二位友人：（在睡梦中）

　　　　　　　我为我的翅膀归来，

　　　　　　　请让我归来！

　　　　　　　我愿意在昨日死去，

　　　　　　　我愿意在黎明死去。

　　　　　　　（开始下雨。）

青　年：　　　已经很晚了，胡安，把灯点上吧。几点了？

胡　安：　　　（故意地）六点整，先生。

青　年：　　　很好。

第二位友人：（在睡梦中）

　　　　　　　我为我的翅膀归来，

请让我归来!

我愿意作为泉水死去,

我愿意在大海之外的地方死去……

(青年用手指轻轻敲着桌子。)

        幕布缓缓落下

第二幕

(一九〇〇年代风格的卧室。怪异的家具。满是皱褶和流苏的帘幔。墙上画着云朵和天使。舞台中央有一张床,挂满帷帐和羽毛挂饰。左侧有一张梳妆台,支柱是几个手持电灯光束的天使。阳台门敞开着,月光照了进来。有人怒气冲冲地按响了汽车喇叭。未婚妻从床上跳下来,身上穿着一件满是蕾丝和粉红色大蝴蝶结的华丽长袍。她梳着长长的发辫,满头鬈发。)

未婚妻: (探身到阳台上)快上来。(传来汽车喇叭声。)刚刚好。我的未婚夫、那个老家伙,还有诗人就要来了,我可得靠你了呀。

(橄榄球运动员从阳台进来。他戴着护膝和头盔，携带着满满一袋雪茄烟，不停地把雪茄点燃又踩灭。)

未婚妻： 进来。我都两天没见你了。(二人拥抱。)

(橄榄球运动员不说话，只在那儿抽烟并将烟用脚在地上踩烂。他看起来全身上下都充满了活力，热情地拥抱了未婚妻。)

未婚妻： 今天你亲吻我的方式不一样。你总是在变呀，亲爱的！昨天我没见到你，你知道吗？可我在盯着那匹马儿看。它全身雪白，那么美丽，金色的蹄子踏在牲口棚的干草中。(在床脚处的沙发上坐下。)可还是你更漂亮。因为你就像是一条龙。(橄榄球运动员拥抱了她。)我觉得在你的臂弯里我都要被你折断了，因为我是那么脆弱，那么娇小，因为我就像寒霜，就像被太阳灼烧的小吉他，可你不会将我折断。(橄榄球运动员将烟喷到她脸上。手在她身上到处摸。)在这一整片阴影的背后，有一连串的银桥将我紧紧包围、护卫，我如同一枚纽扣一般微小，如同一只突然飞进宫殿的蜜蜂一般玲珑，是不是？没错吧？我要跟你一起走。(将头靠在运动员的胸前。)龙啊，我的龙啊！你到底有几颗心啊？你的胸膛里仿佛有一道激流，我会在那里溺亡。我就要淹死了……(望着运动员)可你却要跑掉(哭泣)，听凭我死在那岸边。(橄榄球运动员又拿出一支雪茄叼在嘴里，未婚妻为他点上烟。)噢！(亲吻运动员。)

从你的牙齿上倾泻下多么洁白的微光,好似象牙的火焰!我的那位未婚夫有着冰冷的牙齿,他也曾亲吻我,但他的嘴唇上全是小小的枯叶。成了干巴巴的双唇。我曾因为他喜欢我的发辫而把辫子统统剪掉,就像如今你喜欢我光着脚我便不穿鞋。是不是?没错吧?(运动员亲吻她。)我们必须得走了。我的未婚夫就要来了。

声　音:　(在门口处)小姐!

未婚妻:　你快走吧!(亲吻橄榄球运动员。)

声　音:　小姐!

未婚妻:　(与运动员分开,换上漫不经心的态度。)来啦!(低声地)再见!

(运动员从阳台那儿返回,又亲吻了她一下,将她抱了起来。)

声　音:　开门啊!

未婚妻： （憋着嗓子）着什么急啊！

（运动员吹着口哨从阳台出去了。）

女　仆： （进来）唉，小姐呀！

未婚妻： 叫小姐什么事儿？

女　仆： 小姐！

未婚妻： 怎么啦？（打开天花板上的灯，灯光散发出比阳台射进的光线更明显的蓝色色调。）

女　仆： 您的未婚夫来了！

未婚妻： 好。你为什么这个样子？

女　仆： （带着哭腔）没事儿。

未婚妻： 他在哪儿呢？

女　仆： 在下面。

未婚妻： 跟谁在一起？

女　仆： 和您父亲在一起。

未婚妻： 没有其他人了？

女　仆： 还有一位戴金边眼镜的先生。他们吵得很厉害。

未婚妻： 我去穿衣服。(坐到梳妆台前梳妆，女仆在一旁帮忙。)

女　仆： (带着哭腔)唉，小姐呀！

未婚妻： (愠怒地)叫小姐什么事儿？

女　仆： 小姐呀！

未婚妻： (暴躁地)怎么了！

女　仆： 您的未婚夫多英俊啊！

未婚妻： 那你嫁给他好了。

女　仆： 他可是高高兴兴地来的。

未婚妻： (嘲讽地)是吗？

女　仆： 他还带来了这束花。

未婚妻： 你知道我是不喜欢花的。把那些花从阳台扔下去吧。

女　仆： 它们多漂亮呀！……都是新摘下来的。

未婚妻： (霸道地)把它们都扔了！

(女仆把插在花瓶里的一些花从阳台扔了下去。)

女　仆：　　哎呀，小姐呀！

未婚妻：　　（愤怒地）叫小姐什么事儿？

女　仆：　　小姐呀！

未婚妻：　　怎——么——啦——！

女　仆：　　您想想您的所作所为吧！好好想想吧。世界很大，我们这些人却很渺小。

未婚妻：　　你知道些什么？

女　仆：　　没错，我知道。我父亲去过两次巴西，他那时个头那么小，都能钻进箱子里。很多事情都被遗忘，但坏事总会被人记住。

未婚妻：　　我跟你说过让你别说出来！

女　仆：　　哎呀，小姐呀！

未婚妻：　　（激动地）我的衣服！

女　仆：　　你这是要去干什么呀！

未婚妻：　　做我能做的！

女　仆：　　这么好的一个男人。都等了您这么长时间了！眼巴巴地等。足足五年啊！（把衣服拿给未婚妻。）

未婚妻： 他跟你握手了？

女　仆： （满心欢喜地）是啊，他跟我握手了。

未婚妻： 他是怎么跟你握手的？

女　仆： 非常轻柔，几乎没有握紧。

未婚妻： 看见了没有？他都没握紧你的手。

女　仆： 我曾经的未婚夫是个士兵，握手能把我的戒指捏进肉里，都让我流血了。就因为这个我跟他分了手！

未婚妻： （带着嘲讽语气）是吗？

女　仆： 哎呀，小姐呀！

未婚妻： （愠怒地）我该穿哪件衣服呀？

女　仆： 您穿那件红色的特别漂亮。

未婚妻： 我不想漂亮。

女　仆： 穿那件绿色的。

未婚妻： （轻声地）不行。

女　仆： 那件橙色的？

未婚妻： （大声地）不行。

女　仆：　那件薄纱的?

未婚妻：　(更大声地)不行。

女　仆：　印着秋天树叶的那件?

未婚妻：　(生气地大声喊)我都说了不行!对那个男人,我只想要一件土色的袍子。一件光秃秃的石头色的衣裳,一根草绳子就能当腰带。(传来汽车喇叭声。未婚妻转头望着,脸上神情改变,一边还在继续说着。)不过我脖子上会戴上茉莉花的花环,全身紧紧包裹着被海水弄湿的披巾。(走向阳台。)

女　仆：　但愿您的未婚夫不知情!

未婚妻：　他终究会知道的。(选了一件式样简单的袍子。)就这件吧。(穿上。)

女　仆：　您大错特错了!

未婚妻：　为什么?

女　仆：　您的未婚夫想要的是别的东西。在

> 我们村里，有一个小伙子曾爬上教堂的塔楼，只为能凑近一些看月亮，而他的未婚妻竟跟他分手了。

未婚妻： 她做得对！

女　仆： 那小伙子说他在月亮上看到了他未婚妻的画像。

未婚妻： （尖锐地）所以你觉得他是对的？（在梳妆台前打扮完，打开天使们举着的灯。）

女　仆： 是的。当我跟那个门童闹翻的时候……

未婚妻： 你已经跟那个门童闹翻了？他多好看啊……多英俊啊……多帅啊……！

女　仆： 那是当然了。我把我亲手绣的一方手帕送给了他，绣的是"爱，爱，爱"，可他居然给弄丢了。

未婚妻： 你快走开吧。

女　仆： 我把阳台门关上吗？

未婚妻: 别关。

女 仆: 风会把您的皮肤灼伤的。

未婚妻: 我就喜欢那样。我要让自己变黑。要比一个男子还要黝黑。要是我摔下去,我都不会流血,要是我抓住一颗黑莓,我都不会受伤。所有人都在闭着眼睛走钢丝。而我只希望站着的时候能稳稳当当的。昨晚我梦见所有的小孩子能长大成人都纯属偶然……一个亲吻的力量就足以把他们全都杀死。一柄匕首,一把剪刀可以一直用下去,可我的胸膛却只能支撑一小会儿。

女 仆: (倾听。)您父亲来了。

未婚妻: (悄悄地)你把我所有带颜色的衣服都装到一个箱子里去。

女 仆: (颤抖着)是。

未婚妻: 把车库的钥匙准备好。

女　仆：　　　（害怕地）好吧！

（未婚妻的父亲进来。他是一个心不在焉的老人。脖子上挂着个望远镜。戴着白色假发。面色红中透粉。戴着白色手套，穿着黑色西装。动作细节显示他是个近视眼。）

未婚妻父：　你准备好了吗？

未婚妻：　　（愠怒地）我凭什么得准备好啊？

未婚妻父：　他都已经到了。

未婚妻：　　那又怎么样？

未婚妻父：　因为你已经订婚了，事关你的生活，你的幸福，你当然得高兴，得胸有成竹。

未婚妻：　　可我并非如此。

未婚妻父：　什么？

未婚妻：　　我并不高兴。你呢？

未婚妻父：　可是女儿啊……那男人会怎么说你呀？

未婚妻： 他爱说什么就说什么吧！

未婚妻父： 他是来跟你结婚的。我们外出旅行这五年,你也给他写过信啊。在横穿大西洋的那些邮轮上,你都没跟别人跳过舞……你对谁都没动过心啊。这变化到底是怎么回事儿?

未婚妻： 我不想见他。我必须得过日子。而他话太多。

未婚妻父： 哎呀!那你为什么以前不这么说呢?

未婚妻： 以前我根本就不存在!大地和海洋就在那里。我却在火车的靠垫上酣睡。

未婚妻父： 那个男人会理直气壮地对我破口大骂。哎呀,上帝啊!本来一切都已安排妥当。他都已经送你那么漂亮的婚纱了。那婚纱就在那里头,套在模特身上呢。

未婚妻： 您别跟我说这些。我不愿意。

未婚妻父： 那我呢?那我呢?我就没有权力歇

|||下来吗？今天晚上有月食。可我却不能从天台上看。每当我怒气难平，血就会往上直涌到眼睛，让我什么也看不到。我们该拿那个男人怎么办？

未婚妻: 随你的便。反正我不想见他。

未婚妻父: （态度激烈地，鼓起勇气）你必须得履行诺言！

未婚妻: 我偏不！

未婚妻父: 必须要那么做！

未婚妻: 不。

未婚妻父: 一定要！（作势要打她。）

未婚妻: （大声地）不。

未婚妻父: 什么都跟我作对。（透过打开的阳台门看了看天。）月食马上就要开始了。（走向阳台。）灯已经都关上了。（闷闷不乐地）会很漂亮吧！为了看月食我都已经等了很久了。可现在我却看不了。你为什么要欺骗他呢?

未婚妻： 我并没有骗他呀。

未婚妻父： 一天一天的，整整五年啊。哎呀，我的上帝呀!

（女仆匆匆忙忙地进来，跑向阳台；外面传来人声。）

女 仆： 他们在吵架呢!

未婚妻父： 谁?

女 仆： 他进来了。（迅速地出去。）

未婚妻父： 怎么了?

未婚妻： 你去哪儿?快把门关上!（烦躁地）

未婚妻父： 可这是为什么呀?

未婚妻： 啊!

（青年出现。穿着外出的衣服。梳理着头发。就在他进来的那一刻，舞台上的灯光全都亮起，梳妆台上天使手中举着的成束的电灯也亮了起来。三人互相看着，一动不动，默不作声。）

青　年：　　抱歉……

（停顿。）

未婚妻父：　（尴尬地）您请坐。

（女仆进来，非常紧张，双手放在胸口。）

青　年：　　（向未婚妻伸出手）这旅行可真是太长了！

未婚妻：　　（定定地盯着他，没有放开他的手）对。那是一场寒冷的旅行。最近几年雪下得很多。（放开青年的手。）

青　年：　　请原谅我，我一路走得急，又得上楼梯，所以才显得这么不稳重。还有……我在街上还揍了几个要用石头砸死一只小猫的孩子。

（未婚妻父给他拿过来一把椅子。）

未婚妻：　　（对女仆）一只冰冷的手。一只被砍断的蜡做的手。

女　仆： 他会听见的!

未婚妻： 老气横秋的眼神儿。活像一只干瘪蝴蝶的翅膀那样散开。

青　年： 不，我不能坐着。我还是更愿意聊天……我上楼的时候，以前忘掉的那些歌儿突然全都想起来了，我想把它们都唱一唱。（走近未婚妻）……那些发辫……

未婚妻： 我从来就没留过辫子。

青　年： 也许是月光。也许是那凝结成嘴巴来亲吻你头颅的风。

（女仆退到角落里。未婚妻父探身到阳台，用望远镜观看。）

未婚妻： 你以前是不是更高?

青　年： 不是啊。

未婚妻： 你以前脸上不是总强装出一种像被爪子抓了一把的笑容吗?

青　　年：　　没有啊。

未婚妻：　　你以前不玩橄榄球吗?

青　　年：　　从来没玩过。

未婚妻：　　（热情地）你以前不是会带上一匹留着鬃毛的马，一天就能杀死三千只雉鸡吗?

青　　年：　　从来没有。

未婚妻：　　那么! 你来找我干什么? 你的手上戴满戒指。可在什么地方能有一滴血?

青　　年：　　你要是喜欢，我就让血流出来。

未婚妻：　　（激烈地）可那并不是你的血。那是我的血!

青　　年：　　现在没有人能将我的手臂与你的脖颈分开了!

未婚妻：　　那并不是你的手臂，而是我的。我才是那个想在另一处火焰中焚烧的人。

青　　年：　　除了我的火焰，再也没有其他的火。（拥抱未婚妻。）因为我一直在等你，而现在我实现了自己的梦想。你的发辫并不是梦，因为我自己会用你的头发编织它们，你的腰肢也不是梦，在那里我的鲜血在歌唱，因为那血是我的，是通过一场雨慢慢获得的，所以那梦是属于我的。

未婚妻： （挣脱）放开我。你什么都能说出口，就是"梦"这个词不能说。这里没人会做梦。我就不想做梦……屋顶保护着我呢。

青　年： 可人们会相爱啊！

未婚妻： 并没人会相爱。你走吧！

青　年： 你说什么呢？（瘫在地上。）

未婚妻： 你找别的女人给她梳辫子去吧。

青　年： （如梦初醒）不！！

未婚妻： 如果已经有别人进了我的卧室，我怎么还能让你再进来呢？

青　年： 哎呀！（用双手捂住了脸。）

未婚妻: 仅仅两天就已经让我觉得自己披枷戴锁。在镜子里,在那卧床的花边中间,我听到一个对我纠缠不休的孩子的呻吟。

青 年: 可我的房子已经盖起来了。连围墙都是我亲自砌的呢。难道现在我得让风住在里面吗?

未婚妻: 那我又有什么错?你想让我跟你一起走?

青 年: (坐到一把椅子上,沮丧地)对呀,对呀,你来吧。

未婚妻: 一面镜子和一张桌子都要比咱们俩之间更亲近。

青 年: 那我现在该怎么办?

未婚妻: 去爱啊。

青 年: 爱谁呢?

未婚妻: 去找啊。到街上去找,到田野里去找。

青　年：　　（激烈地）我才不去找呢。我有你呢。而你就在这里，此时此刻，就在我双手之间，你不能把门给我关上，因为我到这儿来，已经被一场五年的雨淋得湿透了。因为从此以后就一无所有了，因为从此以后我就无法再去爱了，因为从此以后一切就都结束了。

未婚妻：　　放开！

青　年：　　令我痛苦的并不是你的欺骗。你什么都不是。你没有任何意义。让我痛苦的是我丢失的宝物。是我没有目标的爱。你必须得来！

未婚妻：　　我不去！

青　年：　　你来了，我就不用从头再来。我感到自己连话都忘了怎么说了。

未婚妻：　　我不去！！

青　年：　　你来了，我就不会死了。你听见了

|||||吗？我就不会死了！

未婚妻： 放开我！

女　仆： （走出来）小姐！（青年放开了未婚妻。）先生！

未婚妻父： （进来。）谁在嚷嚷？

未婚妻： 没人嚷嚷。

未婚妻父： （看着青年）先生……

青　年： （沮丧地）我们说话来着。

未婚妻： （对父亲）您必须把礼物都还给他……（青年动了一下。）所有礼物。也许不太公平。所有礼物……除了扇子……因为扇子已经坏了。

青　年： （想起来）两把扇子。

未婚妻： 一把蓝色的……

青　年： 画着三艘沉没了的贡多拉……

未婚妻： 还有一把白色的……

青　年： 中间有一只虎头！还有……它们都坏了？

女　仆：　　最后几根扇骨被卖炭人的孩子拿走了。

未婚妻父：　那是些好扇子，不过我们还是……

青　年：　　（微笑着）就算它们都丢了也没关系。此时一样有风把我的皮肤吹得滚烫。

女　仆：　　（对未婚妻）新娘的婚纱也要还吗？

未婚妻：　　那是当然。

女　仆：　　（带着哭腔）就在那里面，套在假人模特身上呢。

未婚妻父：　（对青年）我希望……

青　年：　　没关系。

未婚妻父：　不管怎么说，这儿就是您的家。

青　年：　　谢谢！

未婚妻父：　（一直盯着阳台）月食应该已经开始了。请您原谅。（对未婚妻）你来吗？……

未婚妻：　　好的。（对青年）再见！

青　年：　再见！（另外两人离开。）

声　音：　（从外面）再见！

青　年：　再见……怎么办？我对那即将到来而我却一无所知的时间该怎么办呢？我该去哪儿呢？

（舞台上的灯光变暗。天使们举着的灯泡发出蓝色的光。一道月光又从阳台门照进来，变得越来越亮。传来一阵呻吟声。）

青　年：　（看向门口。）是谁？

（披着新娘婚纱的假人模特进入舞台。这个角色有着灰色的面庞、金色的眉毛和嘴唇，就像一个奢侈品橱窗里展示的模特。它还戴着金色的假发和手套。身披着华美的白色婚纱，拖着长长的裙裾和头纱，它看起来步履蹒跚。）

假人模特：　（哭泣着，唱歌）

娇小的黑发新娘,

谁会穿上她洁白如银的衣裳?

我的裙裾遗失在海洋,

月亮戴上我的香橙花冠。

我的戒指,先生,我那金质的老戒指,

已陷入镜子的沙漠。

谁会穿上我的衣裳?

谁会把它穿上?

大河的河口将它穿戴,

去与海洋结为夫妻。

青　年：　　告诉我,你唱的是什么呀?
假人模特：　　我歌唱

自己从未经历的死亡,

未用过的头纱的痛苦,

带着丝绸和羽毛的悲泣。

内衣已冰冷

如暗黑的雪,

花边竟无法

与那泡沫媲美。

覆盖肉体的布料

将在浑浊的水中濯洗。

没有热烈的低语，

只有断裂的雨的躯体。

娇小的黑发新娘，

谁会穿上她洁白如银的衣裳？

青　年：　黑暗的风会穿上那衣裳

黎明时在自家洞穴里玩耍，

灯芯草是缎质的袜带，

月亮是丝绸的长袜。

把头纱送给蜘蛛

让它们去吞噬和覆盖

那些被美丽丝线

缠绕的鸽子。

没人会穿上你的衣裳，

白色的样式和模糊的光，

丝绸与霜，

	成为无关紧要的构造。
假人模特：	我的裙裾已经遗失在海洋。
青　年：	而月亮正等着要戴你的香橙花冠。
假人模特：	（愠怒地）
	我不愿意。我的绸衣
	每一丝，每一线，
	都对婚礼充满了热望。
	我的衬衣在询问
	那双按住腰肢的温柔的手
	现在到底在哪里。
青　年：	我也在问啊。闭嘴吧！
假人模特：	你说谎。都是你的错。
	你本可以为了我
	成为铅与泡沫的马驹，
	风儿劈面吹过，
	海水紧随身后。
	你本可成为一声嘶鸣
	而今却是沉睡的湖水，

|||伴着枯叶和苔藓

　　　　　　成为那衣裳腐烂的地方。

　　　　　　我的戒指呀,先生,我那古老的金

　　　　　　戒指。

青　　年：　它已陷入镜子的沙漠!

假人模特：　你为什么没能早点儿到来?

　　　　　　她曾赤身裸体地等待

　　　　　　就像一条因尖顶而晕厥的

　　　　　　风中之蛇。

青　　年：　(站起身来)

　　　　　　肃静。别管我。你快走开吧!

　　　　　　不然我会愤怒地打烂

　　　　　　你那些被白色丝绸隐藏的

　　　　　　用晚香玉拼成的首字母。

　　　　　　你去街上寻找

　　　　　　夜游处女的肩头

　　　　　　或去寻找

　　　　　　用乐音为你发出六次长长哭喊的

吉他。

没人会穿上你的衣裳。

假人模特： 我会一直跟着你的。

青　　年： 别再跟着了！

假人模特： 让我跟你说说话！

青　　年： 那没用！

我不想知道！

假人模特： 你听听呀。

你看看呀。

青　　年： 什么？

假人模特： 我从裁缝那儿偷来的

一件小衣服。

（展示一件粉色的童服。）

两股白色的乳汁如泉水般

浸湿我忧郁的绸衣，

蜜蜂那白色的疼痛，

闪电般覆盖我的后颈。

我的儿子，我想要我的儿子！

　　　　　　　从我腰间

　　　　　　　快乐地迸发出条条丝带

　　　　　　　在我的裙子上画出他的样子。

　　　　　　　那就是你的儿子!

青　　年：　（接过小衣服。)

　　　　　　　对,我的儿子:

　　　　　　　疯狂之梦的鸟儿

　　　　　　　和理智的茉莉

　　　　　　　都来到这里,汇聚一处。

　　　　　　（忧郁地)

　　　　　　　假如我的孩子没有到来……?

　　　　　　　那迎风穿越的鸟儿

　　　　　　　就无法鸣叫了吗?

假人模特：　无法鸣叫。

青　　年：　假如我的孩子没有到来……?

　　　　　　　那破浪前进的帆船

　　　　　　　就不能航行了吗?

假人模特：　不能航行。

青　　年：　　雨的竖琴寂静无声，

　　　　　　　石头的海洋笑出了

　　　　　　　最后暗黑的波浪。

假人模特：　谁会穿上我的衣裳？谁会穿上它？

青　　年：　　（热情洋溢并坚决地）在海岸边等待

　　　　　　　的女人会穿上它的。

假人模特：　你还记得吗？她一直在等你。

　　　　　　　她曾躲藏在你家中。

　　　　　　　她爱着你，却已离去。

　　　　　　　你的孩子在自己的摇篮里歌唱

　　　　　　　就像雪娃娃那样

　　　　　　　期待着你的鲜血。

　　　　　　　快跑，去找她，快点呀！

　　　　　　　将她一丝不挂地交给我

　　　　　　　好让我那绸衣的

　　　　　　　每一根丝，每一根线，

　　　　　　　都绽放出玫瑰，

　　　　　　　都去覆盖她那金色躯体的腹部。

青　年：	我还得活下去啊。
假人模特：	不要再等了！
青　年：	我的孩子在自己的摇篮里唱歌，
	就像雪娃娃那样
	期待着温暖和帮助。
假人模特：	（去要那件童装）
	快把衣服给我！
青　年：	（温柔地）不给。
假人模特：	（把衣服抢了过来。）
	我喜欢它！
	你去寻找和达到目标的同时
	我会唱着一首
	关于它那些柔软皱褶的歌。
	（亲吻衣服。）
青　年：	会很快的！她在哪儿？
假人模特：	在街上。
青　年：	在那红色的月亮
	用暗淡的鲜血

清洁它完美的曲线之前,

我将因爱情浑身颤抖

带来自己那赤裸的女人。

(舞台光线呈深蓝色。女仆拿着烛台从左侧进来,场景柔和地呈现出一些烛光的正常光线,但并未忽略舞台背景处敞开的阳台照进来的蓝色光线。女仆刚一出现,假人模特就摆出橱窗模特的姿势,一动不动了。它的头低着,双手以一种非常优雅的姿态举着。女仆将烛台放到梳妆台上。她一直都带着难过的神情,看着青年。这时,老者在右边的门那里出现。灯光越来越亮。)

青　年：　（惊讶地）是您呀!
老　者：　（显得异常激动,双手捂住胸口。手里拿着一块丝质手帕。）对呀!是我!
　　　　　（女仆迅速从阳台出去。）

青　年：　（尖刻地）我不再需要您了。

老　者：　现在才最需要呢。哎呀，你伤着我了！你干吗要这么放肆无礼呢？我就知道要发生什么。哎呀！

青　年：　（走上前，亲切地）您怎么了？

老　者：　（激动地）没怎么。我什么事儿都没有。是有一道伤口……不过血已经干了，事情也都过去了，过去了。（青年作势离开）你要去哪儿？

青　年：　（快活地）去找人。

老　者：　去找谁？

青　年：　去找那个爱我的女人。您在我家里见过她，您不记得？

老　者：　（严肃地）我不记得了。但你等一下再去。

青　年：　不！我现在就去。

（老者抓住他的胳膊。）

未婚妻父：　（进来。）女儿！你在哪儿呢？女儿啊!

(传来汽车喇叭声。)

女 仆: (在阳台上)小姐!小姐!

未婚妻父: (朝阳台走过去。)女儿!等一下,等等啊!(出去。)

青 年: 我也走了。我要像她一样去寻找我血液中全新的花儿!(跑出去。)

老 者: 等一下!等一下!你别这么伤我啊!等一下!(出去。他的"等一下,等一下!"的喊声逐渐消失。)

(远处传来汽车喇叭声。舞台上一片蓝色,假人模特痛苦地向前走。采用两种不同的表情。第一句诗句提问,采取果决的态度;第二句诗句回答,似已神游至远方。)

假人模特: 我的戒指,先生!我那古老的金戒指。(停顿。)

　　　　　它已陷入镜子的沙漠中。

　　　　　谁会穿上我的衣裳？谁会把它穿上？

　　　　　（停顿。哭泣。）

　　　　　大河的河口会将它穿戴，

　　　　　去与海洋结为夫妻。

　　　　　（晕过去，躺倒在沙发上。）

声　音：　（在外面）等一等……！

　　　　　　　　　　　　幕布迅速落下

第三幕

第一场

(树林。粗大的树干。舞台中央有一座被巴洛克式帷幕围起来的剧场,幕布低垂着。一小节楼梯将这个小剧场的舞台与大舞台连接起来。大幕开启时,有两个人物在树干之间穿行,他们身穿黑衣,脸上涂着白色的石膏,手也是白色的。远处响起音乐声。丑角上场。穿着黑绿相间的衣服。他拿着两个面具,一只手拿一个,藏在背后,像一个舞者一样有节奏地做着动作。)

喜剧丑角: 梦如同一艘帆船

漂浮在时间之上。

没有人可以打开

它心中的种子。

(戴上喜悦表情的面具。)

啊,黎明在欢唱!多么动听!

它举起多么巨大的蓝色冰块!

(摘下面具。)

时间行走在

沉入发丝的梦境之上。

昨日和今日

吞噬了痛苦的黑暗花朵。

(戴上困倦表情的面具。)

啊,黑夜在欢唱!多么动听!

它举起多么茂密的银莲花!

(摘下面具。)

在相同的柱子上,

梦与时间拥抱,

老人破碎的舌头,

穿越孩子的呻吟。

(戴上一个面具。)

啊,黎明在欢唱!多么动听!

(戴上另一个面具。)

它举起多么茂密的银莲花!

如果梦境伪装成

时间平原上的围墙,

时间会让它相信

它就在那一刻出生。

啊,黑夜在欢唱!多么动听!

它举起多么巨大的蓝色冰块!

(从这一刻起,在整个表演过程中都可以听到远远传来低沉的狩猎号角声,时断时续。出现一个身穿黑色希腊长袍的姑娘,戴着花环,跳跃着上场。)

姑　娘：　　是谁在说?

会是谁在说?

我的爱人正在那海底

	将我等待。
喜剧丑角：	（滑稽地）
	胡说八道。
姑　娘：	是真的。
	我曾失去我的欲望，
	遗失了我的顶针，
	在那些粗大的树干上
	我又将它们找回。
喜剧丑角：	（嘲讽地）
	一条长长的绳子。
姑　娘：	长长的绳子；好潜下去。
	鲨鱼和鱼儿们
	还有一丛丛珊瑚。
喜剧丑角：	就在那下面。
姑　娘：	（低声地）
	在很下面的地方。
喜剧丑角：	正沉睡着。
姑　娘：	就在那下面！

　　　　　　　　碧水的旗帜

　　　　　　　　而他被任命为船长。

喜剧丑角：　（滑稽地，高声喊）

　　　　　　胡说八道！

姑　　娘：　（高声地）

　　　　　　是真的！

　　　　　　我失去了我的王冠

　　　　　　丢掉了我的顶针，

　　　　　　一转身的工夫

　　　　　　我又将它们找回。

喜剧丑角：　就是现在。

姑　　娘：　现在？

喜剧丑角：　在风和海

　　　　　　转弯的地方

　　　　　　你的爱人

　　　　　　就会看见。

姑　　娘：　（惊惧地）

　　　　　　骗人！

喜剧丑角：　　是真的！

　　　　　　　我会把他给你。

姑　娘：　　（不安地）

　　　　　　　你才不会把他给我。那海底永远都没法到达。

喜剧丑角：　　（就像在马戏团一样，大声喊道）

　　　　　　　男子汉先生——请上场！

（光彩夺目的小丑出现，全身缀满了小金属圆片。扑满粉的脑袋让人感觉像个骷髅。他哈哈大笑着。）

喜剧丑角：　　您要给这个姑娘……

小　丑：　　她那位海里来的未婚夫。

　　　　　　　（卷起袖子。）

　　　　　　　梯子拿过来。

姑　娘：　　（惊惧地）

　　　　　　　干吗？

小　丑：　　（对姑娘）

下去呀。

（对观众）

晚上好！

喜剧丑角： 好棒啊！

小　　丑： （对喜剧丑角）

你，往那边看！

（喜剧丑角笑着转过了身。）

来吧，演奏吧！

（鼓掌。）

喜剧丑角： 我来演奏！

（喜剧丑角演奏一把有着两根金琴弦的白色小提琴。琴很大，很薄。他唱起歌来。）

小　　丑： 未婚夫啊，你在哪儿？

喜剧丑角： （憋着嗓子）

在新鲜的海藻间，

我要去捕猎

　　　　　　　　　大个儿的蜗牛，

　　　　　　　　　还有盐做的百合。

姑　娘：　　　（喊叫着，被现实吓坏了）

　　　　　　　我不愿意！

小　丑：　　　肃静！

　　　　　　　（喜剧丑角笑着。）

姑　娘：　　　（对小丑，害怕地）

　　　　　　　我要去

　　　　　　　高高的草丛间跳跃。

　　　　　　　然后

　　　　　　　我们将要去往海里。

喜剧丑角：　　（欢快地转过身来。）

　　　　　　　骗人！

姑　娘：　　　（对小丑）

　　　　　　　是真的！

　　　　　　　（作势要哭出来）

　　　　　　　是谁在说？

　　　　　　　会是谁在说？

　　　　　　　　我曾失去了我的王冠，

　　　　　　　　丢掉了我的顶针。

喜剧丑角：　（忧郁地）

　　　　　　在风和海

　　　　　　转弯的地方

　　　　　　（姑娘离开。）

小　　丑：　（指示着）

　　　　　　那里。

喜剧丑角：　去哪儿？去干什么？

小　　丑：　去表演。

　　　　　　一个小小孩儿

　　　　　　想将他的一块面包

　　　　　　变成钢铁的花朵。

喜剧丑角：　（有些许怀疑）

　　　　　　瞎说！

小　　丑：　（一本正经地）

　　　　　　千真万确！

　　　　　　我失去了玫瑰和曲线

 　　　　　　　还丢了我的项链，

 　　　　　　　在刚长出的象牙里，

 　　　　　　　我又将它们找到。

喜剧丑角： 男子汉先生！来吧！

 　　　　　　（作势离开。）

小　　丑： （朝树林张望。抢在喜剧丑角的前面，大声道）

 　　　　　　别这么大声喊！

 　　　　　　早上好！

 　　　　　　（低声地）

 　　　　　　来呀！

 　　　　　　演奏呀。

喜剧丑角： 我来演奏？

小　　丑： 一曲华尔兹。（高声地。）

 　　　　　　（喜剧丑角开始演奏。小丑低声地）

 　　　　　　快点儿！

 　　　　　　（高声地）

 　　　　　　先生们，

　　　　　　　我将要展示……

喜剧丑角：　在刚长出的象牙里，

　　　　　　　我又将它们找到。

小　　丑：　我将要展示……

　　　　　　　（离开。）

喜剧丑角：　（向外走着）

　　　　　　　风与海的轮子

　　　　　　　转个不停。

（号角声响起。女打字员上场。她穿着一身网球服，头戴颜色艳丽的贝雷帽。衣服外面披着一条单层纱的长披风。她与之前第一个上场的面具人在一起。面具人穿着一九〇〇年代风格的衣服，是耀眼的黄色，有着长长的裙裾，像丝绸一般的黄色头发，如披巾一般垂下来，面具人还戴着白色的石膏面具和同样是白色的齐肘手套。她头戴黄色帽子，高耸的胸脯上点缀着金色的小亮片。在一片蓝调的月光和夜晚的树干构成的背景中，这个人物会产生一种火焰燃烧般的效果。她说话戴着轻微的意大利口音。)

面具人： （笑着）真是令人愉悦啊！

女打字员： 我从他家离开了。我记得在我离开的那天下午有一场夏天的暴风雨，门房的孩子死了。我走过藏书室，他跟我说："你是不是叫我来着？"我闭上眼睛回答他："没有！"然后，都到门口了，他又说："你需要我吗？"我跟他说："不。我不需要你。"

面具人： 太棒了！

女打字员： 他站在那儿等了整整一晚，等我在窗口出现。

面具人： 那您呢，打字员消杰（小姐）？

女打字员： 我根本就没探身看。但是……我从窗户缝看着他呢……他一动都不动！（拿出一方手帕。）那是怎样的一双眼睛呀！风吹进来就像刀子，

	|可我却没法跟他说话。
面具人：	微深末呢，消杰（为什么呢，小姐）？
女打字员：	因为他太爱我了呗。
面具人：	噢，我的上帝呀！跟意大利的阿尔图罗伯爵一模一样啊。噢，爱情！
女打字员：	是吗？
面具人：	在巴黎歌剧院的门厅里，朝着大海有一些巨大的栏杆。阿尔图罗伯爵嘴里衔着一枝山茶花，跟他的孩子一起乘着一艘小船而来，他俩都是被我抛弃的。可我还是拉开了窗帘，将一颗钻石抛给他们。噢！多么通古（痛苦）的遮磨（折磨），我的平友（朋友）！（哭泣）伯爵和他的孩子饥肠辘辘，跟一位俄国先生送给我的猎犬一起在树丛中睡觉。（态度激烈地恳求）你就没有一小块面包给我吗？你就没有一小块面包给我的儿子吗？给阿尔图

|||罗伯爵任其死在寒霜之中的那个孩子？……（情绪激动）然后我去了医院，在那儿我了解到伯爵早就跟一位不同凡响的罗马女士结婚了……再往后我就只能祈求施舍，与那些在码头上卸煤的男人同床共枕。
女打字员：|你说什么呀？为什么要这么说啊？
面具人：|（平静下来。）我要说阿尔图罗伯爵是那么爱我，在窗帘后面跟他的孩子一起哭泣，而我就像双胞胎中间的半轮银月，就像照亮巴黎大歌剧院穹顶的煤气灯。
女打字员：|真是有趣。伯爵什么时候到？
面具人：|你的平友（朋友）什么时候到？
女打字员：|会耽搁很久。他从来都不会马上就到。
面具人：|阿尔图罗也会跟着耽搁的。他右手上有一道别人用匕首留下的伤疤……当然还是为了我。（展示自己的手）你

没看见吗?(又指着自己的脖子)这里还有一道,你看见了吗?

女打字员: 看见了,可都是为什么呀?

面具人: 微深末(为什么)?微深末(为什么)?没有伤口我还能做什么?我的伯爵的那些伤口又属于谁呢?

女打字员: 属于你啊。千真万确!五年来他都在等我,不过……带着信心等待那个被爱上的时刻是多么美丽啊!

面具人: 而且是那么笃定!

女打字员: 笃定!所以我们要笑呀!从小我就爱把糖果留到后面再吃。

面具人: 哈哈哈!对呀,这是真的吗?糖果味道会更好呢!

(号角声响起。)

女打字员: (准备离开)我的朋友要是来了,那该有多好,他是那么高挑!头发卷卷的,卷曲的方式又那么特别,你

　　　　　　　　可得装着不认识他呀。

面具人： 　　当然，我的平友（朋友）！（拾起裙裾。）

（青年出现。他身穿深灰色西装，脚穿蓝色格子的袜子。）

喜剧丑角： （上场。）哎！
青　年： 怎么了？
喜剧丑角： 您要去哪儿？
青　年： 回家。
喜剧丑角： （嘲讽地）是吗？
青　年： 当然。（开始走起来。）
喜剧丑角： 哎！那边不能过去。
青　年： 公园被围起来了？
喜剧丑角： 马戏团在那边呢。
青　年： 好吧。（回转身。）
喜剧丑角： 那里面全是安安静静的观众。（轻声地）先生您不想进去吗？

青　年：　　（动摇）不了。（不想再听。）那条都是杨树的大街也封路了吗?

喜剧丑角：　马车和装蛇的笼子都在那儿呢。

青　年：　　那么我就往回走吧。（作势要离开。）

小　丑：　　（从另一侧上场。）可您要去哪儿呀? 哈哈哈!

喜剧丑角：　他说他要回他家。

小　丑：　　（给了喜剧丑角一记马戏团表演式的耳光。）让你回家!

喜剧丑角：　（摔倒在地，叫嚷起来）哎哟，我可真疼啊，我可真疼啊! 哎哟!

小　丑：　　（对青年）来呀!

青　年：　　（生气地）你要不要告诉我这又是什么玩笑? 我正要回家，也就是说，要去我家，不对，去另一个家，去……

小　丑：　　（打断）去寻找。

青　年：　　是的，因为我有这个需要。要去寻找。

小　丑：　　（快活地）去寻找吗? ……转个身的

　　　　　　　工夫你就能找到。

女打字员的声音：（唱）

　　　　　　　你要去哪里？我的爱啊，

　　　　　　　我的爱！

　　　　　　　带着玻璃杯中的

　　　　　　　风和海洋。

（喜剧丑角已经站起来了。小丑向他做手势。青年背对着他，他们也没有转身，踮着脚尖踩着舞步，手指放在嘴唇上，离开了。剧场里的灯光亮了起来。）

青　　年：　　（吃惊地）

　　　　　　　你要去哪里？我的爱啊，

　　　　　　　我的生命，我的爱，

　　　　　　　带着玻璃杯中的

　　　　　　　风和海洋？

女打字员：　　（兴高采烈地出场。）

　　　　　　　在哪里？就在人们呼唤我的地方！

青　年：　　（拥抱她）

　　　　　　我的生命啊!

女打字员：　（拥抱他）

　　　　　　跟你在一起。

青　年：　　我将带着赤裸的你,

　　　　　　老去的花朵和洁净的身体,

　　　　　　去那个

　　　　　　丝绸冻得发抖的地方。

　　　　　　白色的床单在等着你,

　　　　　　我们快点走呀。现在就离开,

　　　　　　赶在黄色夜莺在枝头呻吟之前。

女打字员：　是的：太阳是一只苍鹰。

　　　　　　最好是：一只玻璃的游隼。

　　　　　　不：太阳是一棵大树,

　　　　　　而你是河流的影子。

　　　　　　快说吧,

　　　　　　如果你拥抱我,

　　　　　　灯芯草和百合花怎会长不出来?

	你的波浪怎会不令我的衣裙褪色?
	亲爱的,请将我留在山上
	饱经风云雨露,
	只为看到高大而忧伤的你
	覆盖住沉睡的天空。
青　年:	你不要这么说,姑娘!来吧。
	我不想浪费时间。
	纯净的鲜血和深深的热情
	正将我带往另一个地方。
	我想活下去。
女打字员:	跟谁一起?
青　年:	跟你一起。
女打字员:	那听起来很遥远的到底是什么?
青　年:	爱情啊,
	它回来的那一天,
	我的爱情啊!
女打字员:	(快乐地,如在梦中一般)
	一只夜莺!歌唱吧!

>   午后那灰色的夜莺,
>
>   在枫树的枝头。
>
>   夜莺啊,我已发现了你!
>
>   我想活下去。

青　年：　　跟谁一起?

女打字员：　跟河流的影子一起。

　　　　　　(苦恼地躲到青年的怀中。)

　　　　　　那听起来很遥远的东西到底是什么?

青　年：　　爱情呀。

　　　　　　热血涌上我的喉咙,

　　　　　　我的爱情啊!

女打字员：　永远是这样,永远,永远,

　　　　　　不管是醒着,还是睡着。

青　年：　　从来没有这样,从来没有! 从来没有!

　　　　　　咱们从这个地方离开吧。

女打字员：　等一下!

青　年：　　爱情可不会等!

女打字员：　(脱离青年的怀抱)

你要去哪里,亲爱的,
带着玻璃杯中的
风和海洋?

(走向楼梯。小剧场的帘幕被拉开了,出现了第一幕中的藏书室,只是十分逼仄,光线也很暗淡。小舞台上出现了那个黄色的面具人,手中拿着一块带花边的手帕,一边哭泣,一边不停地吸着一瓶嗅盐。)

面具人: (对女打字员)我刚刚把伯爵永远地抛弃了。他跟他的孩子一起留在后面了。(从楼梯下来。)我肯定他会死去的。但是他那么爱我,那么爱我。(哭起来。对女打字员)你对此一无所知吧?他的孩子会在寒霜之下死去。我已经把他抛弃了。你没看到我有多高兴吗?你没看到我笑得多欢吗?(哭泣)现在他要到处找我了。(站到地面上)我要躲在黑莓丛里,(高声地)在黑莓丛里。我这样说话是因为我不想让阿尔图罗发现我。(高声地)我不爱你!我已经告诉过你我不爱你!(哭着离开)你是爱我的,可我不爱你!

(两位身穿蓝色制服、脸色惨白的仆人出现,在舞台左侧放了两个白色的凳子。第一幕中的那个男仆从小舞台上走过,还是一直踮着脚尖走路。)

女打字员: (顺着楼梯登上小舞台。对男仆)如果先生来了,请让他进来。(站在小舞台上)不过他到该来的时候才会来呢。

(青年开始慢慢走上那一小节楼梯。)

青 年: (站在小舞台上,热情洋溢地)你在这儿高兴吗?

女打字员： 你已经写完那些信了吗?

青　年： 在上面会更好。快过来!

女打字员： 我曾经那么爱你!

青　年： 我现在是多么爱你啊!

女打字员： 我将会非常爱你!

青　年： 我觉得没有你，我会感到异常痛苦。要是你甩了我，我该去哪里? 我什么都不记得了。另一个女人已经不存在了，而你就在这里，因为你是爱我的。

女打字员： 我曾经爱过你，亲爱的! 我也将会永远爱你。

青　年： 那么现在……

女打字员： 你为什么要说"现在"?

（老者出现在大舞台上。他身穿蓝色衣服，手里拿着一块沾满鲜血的大手帕，被他一会儿放在胸前，一会儿捂在脸上。他表现出非常激动的样子，仔细观察着小舞台上发生的一切。）

青　　年：　　我那时一直等待着，并慢慢死去。

女打字员：　　我那时也因等待而慢慢死去。

青　　年：　　但鲜血用它那火热的指节叩击我的太阳穴，如今我在这里找到了你。

声　　音：　　（在外面）我的儿子！我的儿子！

（亡童从小舞台上经过。他独自一人上场，又进到左侧的门里去了。）

青　　年：　　是的，我的儿子！他就在我的身体里奔跑，就像一只孤独的蚂蚁在封闭的盒子里游走。（对女打字员）给我儿子一点儿光亮吧！行行好吧！他还是那么幼小！却将我水晶般的心脏中的小鼻子给压扁，可他自己却没有空气！

黄色面具人：（出现在大舞台上）我的儿子！

（又有两个面具人上场，在舞台上围观。）

女打字员： （霸道而生硬地）你写完那些信了吗？那不是你的儿子，那是我。那时你在等待，任凭我离开，你总是自以为被人所爱。我说的难道不对吗？

青　　年： （不耐烦地）你说的是对的，可是……

女打字员： 而我，那时就知道你永远不会爱我。可是，我的情愫已生，我看你已有所不同，我在家里的每个角落都看到了你。（激动地）我爱你！但要离你更远！我已逃得远远的，远到必须去看到大海，才能回想起你嘴唇的颤动。

老　　者： 因为如果他二十岁，就能拥有二十个月亮。

女打字员： （抒情地）二十块岩石，二十阵吹雪的北风。

青　　年： （愠怒地）别说了。你得跟我走。因为你爱我，因为我必须得活下去。

女打字员： 是的，我爱你，不过远不止如此！你看不到我赤身裸体，也吻不到我那生生不息的身体。放了我吧。我太爱你了，以至于不能这么看着你！

青　年： 时不我待！咱们走吧！（抓住她的手腕。）

女打字员： 你弄疼我了，亲爱的！

青　年： 这样你才能感受到我的存在！

女打字员： （温柔地）等一下……我会去的……一直都会去的。（拥抱他。）

老　者： 她会去的。你坐下吧，我的朋友。要等待。

青　年： （痛苦地）不！

女打字员： 我可是高高在上的。你过去为什么甩了我？我都要冻死了，不得不去那了无人烟的地方寻找你的爱。不过我会跟你在一起的。请让我一点一点下去,直到到达你那里。

(小丑和喜剧丑角上场。小丑带来一架手风琴,喜剧丑角拿着他的白色小提琴。两人坐在凳子上。)

小　　丑：　　来段儿音乐。
喜剧丑角：　　很多年的曲子。
小　　丑：　　未开放的月亮和海洋,它在后面吗?
喜剧丑角：　　风的裹尸衣。
小　　丑：　　你的小提琴奏出的乐音。

(二人演奏。)

青　　年：　　(如梦初醒)来吧!
女打字员：　　行……有可能是你吗?就这样,突然间……!还从未慢慢尝试一下这个美好的想法:会是明天吗?你不为我难过吗?

青　年：　　那上面好像有个鸟巢。传来夜莺的歌声……就算人们听不见，就算蝙蝠在叩击玻璃窗！

女打字员：　是的，是的，不过……

青　年：　　（激烈地）你的嘴巴啊！（亲吻她。）

女打字员：　以后再说……

青　年：　　（热烈地）最好是在晚上。

女打字员：　我要走了！

青　年：　　毫不耽搁！

女打字员：　我愿意！听着。

青　年：　　来吧！

女打字员：　可是……

青　年：　　你说。

女打字员：　我会跟你走的！

青　年：　　亲爱的！

女打字员：　我会跟你走。（羞涩地）等过了五年再说！

青　年：　　哎呀！（用双手捂住了额头。）

老　者：　　　（低声地）真棒!

（青年顺着楼梯慢慢走下来。女打字员留在舞台上，神情恍惚。那个蹑手蹑脚的男仆上场，把一件大大的白色披风为她披上。）

小　丑：　　　来段儿音乐。
喜剧丑角：　　很多年的曲子。
小　丑：　　　未开放的月亮和海洋，待在后面……
喜剧丑角：　　风的裹尸衣。
小　丑：　　　你的小提琴奏出的乐音。

（二人演奏。）

黄色面具人：　伯爵亲吻我扮成女战士的肖像。
老　者：　　　我们到不了了，但还是要去。
青　年：　　　（绝望地，对小丑）出口在哪边?
女打字员：　　（在小舞台上，如堕梦中）

亲爱的！亲爱的！

青　　年：　（动摇着）告诉我，门在哪儿！

小　　丑：　（嘲讽地，指向左侧）在那边。

喜剧丑角：　（指向右侧）在那边。

女打字员：　我等你，亲爱的，我等你，你快点儿回来啊！

喜剧丑角：　（嘲讽地）在那边！

青　　年：　（对小丑）

我要打破你的笼子，撕碎你的衣料。

我知道怎样跳过围墙。

老　　者：　（不快地）

在这里。

青　　年：　我想回去！你们别管我。

喜剧丑角：　还有风呢！

小　　丑：　还有你小提琴演奏的音乐！

幕落

终 场

(第一幕时的藏书室。左边,新娘的婚纱被披在一个没有头和手的假人模特上。几口打开的箱子。右边有一张桌子。)

(男仆和女仆上场。)

女　仆:　(吃惊地)是吗?

男　仆:　她现在在当门房,以前可是一位了不起的女士。曾经跟一位非常富有的意大利伯爵生活在一起,那伯爵就是刚刚被埋葬的那个孩子的父亲。

女　仆:　真是个小可怜儿!多漂亮的孩子啊!

男　仆:　都这会儿了,她还是对显要的派头念念不忘。所以她倾尽所有,置办了孩子的衣服和棺材。

女　仆:　还有那些花儿!我送了她一小束玫

瑰，可那玫瑰花太小了，根本都没被放到房间里去。

青　年：　（进来）胡安。
男　仆：　先生。

（女仆出去。）

青　年：　请给我一杯凉水。（青年表现出深深的绝望，身体也像要瘫倒的样子。）

（男仆给他水。）

青　年：　（高兴地）那扇落地窗以前是不是要大得多？
男　仆：　不是啊。
青　年：　它那么狭窄，真是令人难以想象。我家有一个很大的院子，我曾在那儿跟我的小马们一起玩耍。可等我

>二十岁时再看那院子，竟发现它是那么小，我都不相信自己曾在那院子里四处飞奔。

男　仆：　先生，您感觉还好吧？

青　年：　一座还喷水的喷泉会感觉还好吗？你说说。

男　仆：　（笑盈盈地）我不知道……

青　年：　一支随着风的意愿转动的风向标会感觉还好吗？

男　仆：　先生您举了几个例子……但如果先生允许，我冒昧问问您……风感觉还好吗？

青　年：　（干巴巴地）我感觉还好。

男　仆：　旅行之后您休息够了吧？

青　年：　（喝水。）是的。

男　仆：　那我可太高兴了。（准备离开。）

青　年：　胡安，我的衣服准备好了吗？

男　仆：　准备好了，先生。在您的卧室里。

青　年：　　是哪件衣服?

男　仆：　　是燕尾服。我把它摊平放在床上了。

青　年：　　(愠怒地)把它拿走!我不想上楼后发现它摊放在床上,而床是那么大,那么空旷!我不知道是谁想起来买那张床的。我以前有一张小一点的床,你还记得吗?

男　仆：　　记得,先生,就是那张雕花胡桃木的床。

青　年：　　(高兴地)没错!就是那张雕花胡桃木的床。在那床上睡觉可香了!我记得,我还是孩子的时候,就见过一轮巨大的月亮从床脚的栏杆后面冉冉升起……还是从阳台的铁栏杆那儿出来的?我不清楚了。那床现在在哪儿?

男　仆：　　(一本正经)先生您把它送人了。

青　年：　　(思考)送给谁了?

男　仆：　　（一本正经）送给您原来那个打字员了。

（青年陷入沉思。停顿。）

青　年：　　（表示让男仆离开）好吧。

（男仆离开。）

青　年：　　（沮丧地）胡安！
男　仆：　　（严肃地）先生。
青　年：　　你是给我拿了漆皮鞋吧……
男　仆：　　有黑色丝带的那一双。
青　年：　　黑色丝……不……去找另一双。（站起来。）在这所房子里空气怎么可能总是这么稀薄呢？我要把花园里的花都割掉，特别是那些都长到墙外去了的该死的夹竹桃，还有那些半夜三更自己冒出来的杂草……

男　仆： 听说有银莲花和罂粟的话，一天中有些时候就会头疼。

青　年： 可能会吧。你把那个也拿走吧。（指着那套衣服）把它放到阁楼上去吧。

男　仆： 很好！（打算出去。）

青　年： （羞涩地）你把那双漆皮鞋给我留下。不过把那些丝带换掉吧。

（传来一声门铃响。）

男　仆： （进来。）是少爷们，过来玩牌的。

青　年： （厌烦地）开门吧。

男　仆： （在门口）先生需要去穿衣服了吧。

青　年： （往外走）是的。（像一道影子一样离开。）

（牌友们进来。一共三个人。都穿着燕尾服。披着长及脚面的白缎子斗篷。)

牌友甲: 那是在威尼斯。那一年牌运不佳。可那个小伙子真的很会玩儿。他是那么苍白虚弱,以至于到最后一手牌时已别无选择,只能打出红心 A。他自己的心已充满了鲜血。于是,他打出了红心 A,待我要去捡起它的时候(压低声音)……(环顾四周),他却还有一张金杯花色[1]的 A,桃花运从杯子里满得都溢出来了,于是他享用着杯中物就这么跑了,带着两个姑娘逃去运河那边了。

牌友乙: 根本不能相信那种面色苍白或是没精打采的人:他们是玩牌,不过总是有所保留。

---

1 西班牙纸牌四种花色之一,另外三个为金币、宝剑、大棒。——译注

牌友丙: 我在印度跟一个老头儿玩牌,当时牌面上可一滴血都没有,于是我就等待时机要一下子干掉他,可他用特殊的苯胺把所有的金杯牌都染上了红色,最后还从树丛间逃走了。

牌友甲: 我们玩牌、赢牌,但这些是多么辛苦啊!那些纸牌在手里喝掉珍贵的鲜血,但要将联结它们的那根线切断却是那么困难。

牌友乙: 不过对待这一位……我想我们没有搞错。

牌友丙: 我不清楚。

牌友甲: (对牌友乙)你永远也学不会了解你的客人。要了解这一位?生命就像两股水流从他的眸子里倾泻而出,润湿了他紧闭的唇间,将燕尾服的前襟染成了珊瑚色。

牌友乙: 是呀。不过你回想一下那个在瑞典跟我们玩牌的垂死的男孩儿，喷出来的血流差点儿把咱们仨给弄瞎。

牌友丙：打牌！（拿出一副牌。）

牌友乙：一定要非常温柔地对待他，好让他不要有什么反应。

牌友甲：虽然五年之后另外那位小姐和打字员小姐都不会想到要来这儿，可万一她们来了呢。

牌友丙：（笑）如果她们来了呢！哈哈哈。

牌友甲：（笑）在牌局中速战速决也不错。

牌友乙：他留了张 A。

牌友丙：一颗年轻的心，箭在那儿都得滑脱。

牌友甲：（快乐而深沉地）才不会！我在一家射击场买了一些箭。

牌友丙：（好奇地）在哪儿？

牌友甲：（开玩笑地）在射击场。在那儿不仅要击中最坚硬的钢铁，还要击中最柔软的薄纱。这确实不容易！（众人笑。)

牌友乙： （笑着）总之，咱们得看看再说！

（身穿燕尾服的青年上场。）

青　年： 先生们！（向他们伸出手）你们来得很早嘛。天气实在是太热了。

牌友甲： 倒没那么热！

牌友乙： （对青年）还是一如既往优雅！

牌友甲： 实在是优雅，以至于再也不用把衣服脱下来了。

牌友丙： 有时候衣服对我们来说实在是太合适了，以至于我们都不想……

牌友乙： （打断）以至于我们都没法将衣服从身体上剥下来了。

青　年： （不自在地）你们太客气了。

（男仆端着托盘和酒杯上场，将它们放在桌子上。）

青　年：　　我们开始吧?

（三个人都坐下。）

牌友甲：　　都准备好了。

牌友乙：　　（低声地）看好了啊!

牌友丙：　　您不坐下来吗?

青　年：　　不……我更喜欢站着玩儿。

牌友甲：　　站着?

牌友乙：　　（小声地）你会需要深入了解的。

牌友甲：　　（分发纸牌）多少张?

青　年：　　四张。（给了他四张牌,又给了其他人。）

牌友丙：　　（小声地）零叫牌局。

青　年：　　多没用的牌! 什么也没有。（将牌放在桌子上。）你们呢?

牌友甲：　　（声音低沉地）什么也没有。

牌友乙：　　什么也没有。

牌友丙： 什么也没有。

（牌友甲又给大家发牌。）

牌友乙： （看着自己的牌）太好了！
牌友丙： （看着自己的牌，心神不安）看看会怎样吧！
牌友甲： （对青年）您出牌。
青　年： （高兴地）我出牌！（将一张牌扔在桌上。）
牌友甲： （激动地）我也出牌！
牌友乙： 还有我！
牌友丙： 还有我！
青　年： （兴奋地，拿着一张牌）现在呢？……

（三位牌友都亮出三张牌。青年犹豫了，将那张牌藏在手里。）

青　年：　　　胡安,给先生们拿烧酒来。

牌友乙：　　（温和地）能请您把那张牌出了吗?

青　年：　　（苦恼地）你们想要哪种烧酒?

牌友乙：　　（温柔地）那张牌呢?……

青　年：　　（对牌友丙）您大概喜欢茴香酒吧。那是一种饮料……

牌友丙：　　劳驾……出牌……

青　年：　　（对进来的男仆）怎么没有威士忌?

（男仆进来时,牌友们手里拿着牌,一声不吭。）也没有白兰地吗?

牌友甲：　　（避开男仆,低声地）出牌!

青　年：　　（苦恼地）白兰地是专给那些知道抗争的男子汉喝的。

牌友乙：　　（激动地,但声音不高）您的牌!

青　年：　　还是你们更喜欢荨麻酒?

（男仆离开。）

牌友甲： （站起身，猛烈地）您行行好，快出牌。

青　年： 现在就出。但我们也得喝点什么呀。

牌友丙： （有力地）该出牌了啊！

青　年： （垂死挣扎地）行，行。来一点荨麻酒！那荨麻酒就像一个拥有城堡中绿月亮的伟大的夜晚，在那里，有个青年穿着金色的袜子。

牌友甲： （有力地）您必须把您的 A 牌给我们啦。

青　年： （躲开）我的心啊！

牌友乙： （激动地）因为要么赢，要么输……让咱们看看。您出牌！

牌友丙： 来吧！

牌友甲： 出牌！

青　年： （带着痛苦）我的牌！

牌友甲： 最后一张！

青　年： 我出牌！（将那张牌放在桌子上。）

（这时，藏书室的隔板上出现了一张大大的发光的A牌。牌友甲掏出手枪，开了一枪却没发出声音。纸牌A消失了，青年用手捂住了心口。）

牌友甲： 要活下去呀！
牌友乙： 不要等下去了！
牌友丙： 剪呀！好好剪呀！

（牌友甲用一把剪子在空中剪了几下。）

牌友甲： （低声地）咱们走吧。
牌友乙： 赶快！
牌友丙： 永远也别等。还是要活下去啊。（三人离开。）
青　年： 胡安！胡安！
回　声： 胡安！胡安！
青　年： （垂死地）我已经失去了一切。
回　声： 我已经失去了一切。

青　年：　　我的爱情……

回　声：　　爱情……

（青年死去。男仆拿着一支点燃的烛台出现。钟敲了十二响。）

幕落

导读：孤勇求真的舞台
——洛尔迦先锋戏剧探微

作为西班牙二十世纪文化领域的杰出代表，费德里科·加西亚·洛尔迦身上一直都带着"诗人""剧作家"的身份标签，其丰富而优秀的作品直到今天仍在被人们广泛阅读、传诵。但每每提到洛尔迦的戏剧世界，人们的注意力往往集中于著名的"乡村三部曲"，而忽视了他戏剧创作中一个非常重要的部分，那就是他的先锋戏剧作品。

二十世纪二三十年代，西班牙文化界受法国超现实主义运动影响，年轻的知识分子们将文学、艺术领域的创作同社会意识形态目标紧紧联系起来，在创作中将对"精神革命"的追求与具有政治影响力的实践需要结合起来。对洛尔迦来说，这也是一个充满冲突的时期，他经历了被许多超现实主义者称为"意识危机"的阶段。面对创作过程中不断出现的关于形式与内容、真实与伪装、风格与精神等关系的问题，洛尔迦急切需要找到一条能真正符合艺术创作内在需求的途径；同时，作为一个社会人，一个情感丰富的个体，他也在不断寻找自己在戏剧世界中的位置，渴望得到理解和认同。而这种在多个层面上的探索导致洛尔迦的戏剧创作开始了求变的进程。超现实主义运动的影响，1929年美洲之行带来的精神震撼，自身经历的情感和心理危机，这些因素改变了洛尔迦对戏剧的认识，他开始在戏剧实践中进行带有超现实主义色彩的实验，来探索戏剧结构、人物、主题方面的新突破，先后创作出《堂佩尔林布林和贝莉莎在花园中的爱情》《观众》《就这样过五年》等作品。由于形式和结构表现的特殊性及舞台语言呈现出的各种超现实主义因素，这几部作品一向被认为是洛尔迦戏剧整体创作中的另类，与他以现实主义为主要风格的"乡村三部曲"及其他作品形成了鲜明对比。

在各种先锋派艺术兴起的时期，热衷于超现实主义的剧作家们都在试图打破戏剧表演与观众之间已经确立起来的种种规则。他们希望通过改变戏剧舞台上的具体空间来达到这一目的，让潜意识的广阔世界为戏剧表演提供新的空间。作为超现实主义运动的积极支持者和倡导者，加西亚·洛尔迦也在自己的创作中进行了对舞台空间新概念的尝试，而这种尝试的具体体现，就是他的《堂佩尔林布林和贝莉莎在花园中的爱情》。这部作品完成于1929年，灵感来源于西班牙戏剧文学中常见的婚姻带来荣誉与背叛的传统题材。塞万提斯的剧作《老醋坛》（*El viejo celoso*）中的主人公其实就是堂佩尔林布林的原型。只不过在塞万提斯的作品中，作者将这个人物置于社会道德规范和传统戏剧的框架内，以诙谐嘲讽的态度来揭露这个人物的行动在社会环境中与他人的冲突和矛盾。而在洛尔迦的作品中，堂佩尔林布林则变成一个不断寻找自我，却又不得不在表象与真实之间挣扎的悲剧人物。

全剧开场便是堂佩尔林布林与女仆玛尔科尔法讨论对未来婚姻的设想,并决定上门求娶邻居家的女儿贝莉莎为妻,尽管他要比姑娘年长很多,彼此也并不熟识,但堂佩尔林布林的求婚意外得到贝莉莎母亲的首肯。新婚之夜,他透过门缝欣赏着正在梳妆打扮的贝莉莎,深深地爱上了她。但贝莉莎对新婚丈夫并不忠实,先后与多个男人纠缠不清,尤其对一个出现在花园里的神秘男人倾心不已,虽然从未得见其真面目,却陷入对他的深深爱慕。堂佩尔林布林知道后非但没有生气,反而承诺要帮助她找到那个男人。在约定好的夜晚,贝莉莎去花园寻找她的爱人,等到的却是准备要杀死情敌的堂佩尔林布林,在他消失在灌木丛中不久之后,那个身披红色披风的神秘男子出现在贝莉莎面前,他蒙着脸,胸前被刺了深深的伤口。贝莉莎揭开蒙面布后,赫然发现原来她爱上的情郎竟一直是由自己的丈夫假扮,而已在双重身份中迷乱的堂佩尔林布林最终以自戕的方式祭奠自己的爱情。

整部剧作分为四场，第一场可以看作序幕，而后三场形成一个相对独立的单元。在这里，序幕的作用已经不再局限于在舞台表演与观众之间构建桥梁，而是成为一个表现冲突空间的开端。通常情况下，序幕都是由一个处于旁观或俯视角度的人物以叙述的形式来表演，而在《堂佩尔林布林和贝莉莎在花园中的爱情》这部作品里，序幕中并没有叙述者这样的角色，表现力度主要集中在人物之间的对白上，舞台空间设计也显现出不同于传统的特点。在这一幕中，作者为主要人物做了明确的戏剧空间划分——两个阳台分别对应堂佩尔林布林和贝莉莎的空间，而在两个阳台之间，存在着堂佩尔林布林应该跨越的一个矛盾地带。在玛尔科尔法的启发下，他意识到自己应该去扮演他所处人生阶段既定的角色，但事实是儿时的记忆使他对扮演这个角色心存恐惧，因为关于异性的观念在他还是孩子的时候就已经被扭曲了，对他而言，异性只不过是一种暴力的化身。在这种情况下，玛尔科尔法试图告诉他异性的概念还可以用"情爱"来诠释,这让他的内心萌发出对异性的美妙幻想。也因为如此,他必须脱离他外在形态的束缚,去寻找他的内在自我。而这种对自我的寻求在剧中是通过另一个人物——贝莉莎来实现的。在玛尔科尔法的劝说下,堂佩尔林布林开始从自己的阳台来观察贝莉莎的阳台,对他而言,那是一个全新的世界,意味着陌生的异性和来自情爱的诱惑。从这里开始,整个舞台从一个外向型空间转向一个内敛空间,舞台说明中对光线改变的描述点明了这个转折点,阳台之外其他空间的光线转暗,制造出一种梦境般的气氛。贝莉莎那充满诱惑力的形象出现在阳台上,给堂佩尔林布林带来了愉悦的感受,但这种愉悦随之又被躲藏在他心底的根深蒂固的恐惧所取代,童年的阴影笼罩在他心头,两种交织在一起的情感在他的内心空间里构成了一次巨大的震颤。

如果说,作为序幕的第一场主要还是一个开放性的外在空间,那么接下来的三场就是收敛性的内在空间，是主人公通过阳台进入的隐秘空间，代表了角色内心充满矛盾的世界。第二场到第四场，分别代表堂佩尔林布林在三种层次上的寻找和追求。经过戏剧化处理的空间在这里显得更为紧凑，与序幕相比较，这三场的动作、服装和空间的调度变化都明显丰富了很多，由此所造成的舞台空间节奏的变化直接导了观众欣赏角度的不断改变。

在第二场，作者通过墙上的那几扇门为舞台安排了多重的隐性空间，使得表演延展至那些处于舞台外的空间，而突兀地摆在舞台中央的大床使得所有显性和隐性的空间都有了一个支撑点。这时，在序幕中略显淫荡的贝莉莎隆重登场，一方面，她的形象使堂佩尔林布林的欲求有了外在具象；另一方面，她的新娘身份中其实也隐藏着她自己的一种追求——贝莉莎也在不断地寻找着自我，寻找着一种对她随心宣泄的情欲加以限制和改变的可能。接下来的场景被安排在舞台中间那张大床的帷幕后面，那是一个并没有直接展示在观众眼前的隐性空间，戏剧行为通过舞台上扮作精灵的两个孩子以叙述的方式传达出来。通过精灵们略显隐晦的陈述，观众隐约感知到堂佩尔林布林虽然实现了自己的情爱梦想，却遭到了感情的背叛。他在认识到无力左右自己的情爱生活后，又在寻找创造命运的另一种可能性。作者在这场戏结束时用诗句的形式显示出自己对文本结构的控制，以及对主人公所处的新的表演空间的安排。这种空间的安排使得堂佩尔林布林已经不再是舞台上的中心人物，而是身处舞台上的一个带着创作心态的旁观者，或者更准确地说，他从此刻开始已经担当起导演的角色，舞台上将要发生的一切都是由他设计产生。

　　第三场的舞台美术设计呈现出一种错误的透视效果。几何空间的规律完全被打破，正是通过这种对形式规则的颠覆，作者暗示堂佩尔林布林试图找到能够将性别形式与情爱内质结合起来的另一种规则，哪怕新规则有可能带来毁灭也在所不惜。此时此刻，他在贝莉莎面前扮演着一个双重角色。我们可以看见他在舞台上承担着贝莉莎丈夫的职责，但同时，我们又通过他感受到并没有在舞台上的贝莉莎情人的存在。舞台为观众提供的视觉框架是非传统的画面，这种空间安排所具备的反逻辑的特点也使我们自然而然地在逻辑范围之外审视和诠释身处其中的人物的举动。作为丈夫的堂佩尔林布林并没有像传统戏剧作品中的道德标准所昭示的那样让自己的行为归纳在与"荣誉"相关的范畴内，而是以贝莉莎情人才会有的直接而赤裸裸的口吻来表露自己追求情爱的心迹。他扮演着他自己，以及脱胎于灵魂深处真实自我的情人角色。这种将一个人物化解成多重角色的方法在后来《观众》的创作中得到了进一步的发展，充分体现了超现实主义对同一事物进行分解，同步解构的表现手法。

　　第四场的场景设置在满是柏树和橙树的花园里，树丛掩映，曲径通幽的环境正体现了超现实主义对潜意识世界的感悟。在这里，我们可以回顾一下堂佩尔林布林追寻情爱的内心旅程：在第二场中，随着五个阳台的门依次打开，主人公开始了他的追寻，穿过第二场的五个阳台，进入第三场中反逻辑的空间，进而来到第四场意味着生死的花园，可以看出作者也在引领着观众从表象逐步走向能够发现真实自我的潜意识世界。在关键的第四场中，堂佩尔林布林又找到了他的童年世界，以及作为孩子所拥有的编造故事的能力。现在他可以操纵他的人物们，让他们扮演他希望他们扮演的角色。堂佩尔林布林对男女关系的认识完全来自他童年时获知的被妻子杀死的鞋匠的逸闻，因此在他试图展现头脑中的情爱世界时，势必将自己的舞台同那桩事件联系起来。在了解到自己在情爱世界中的无能后，堂佩尔林布林非常清楚他所安排的表演会给他带来致命打击。充满活力的贝莉莎渴望得到爱情，堂佩尔林布林在她面前不得不让自己分解成多重角色，但无法从童年记忆中摆脱的他终究无法走进真正的情爱世界，解读异性的身体。

在《堂佩尔林布林和贝莉莎在花园中的爱情》

这部作品中，洛尔迦对视觉语言、声音符号的运用打破了以往的传统规则，这一点在洛尔迦的戏剧创作之初就已显端倪，但在这部作品中，作者对戏剧空间的安排和处理也显现出他在这方面的探索努力。整部作品由一个外在空间逐步转向一个内敛空间，通过多重空间的安排制造戏剧表演的层次感，这些都使得这部表现传统题材的作品处处体现出实验和先锋的意味。这次创作的经历为之后洛尔迦的先锋戏剧创作提供了非常宝贵的经验，促成了《观众》《就这样过五年》等实验戏剧作品中独特风格的形成，从这个意义上来讲，《堂佩尔林布林和贝莉莎在花园中的爱情》在洛尔迦的戏剧作品中占有不容忽视的地位。

在《堂佩尔林布林和贝莉莎在花园中的爱情》完成后不久，洛尔迦又在1930年前后创作了《观众》，这是他最具颠覆性的创作尝试，集中了超现实主义戏剧的诸多元素，人物和结构的复杂性使这部作品的舞台呈现在当时很难实现，洛尔迦甚至曾将其归类为"不可能的戏剧"。在这部作品中，洛尔迦采取的是多重主题的结构，通过舞台表演展示多个主题，其中最为突出的是存在、爱情、真相和戏剧这几个主题。

内在的真实与表象的虚假是洛尔迦在《观众》中要表现的重要主题之一，特别是在舞台上所呈现的到底应该是什么样的存在，也是作者在剧中反复讨论的问题。作为一部以戏剧受众群体作为描写和批判对象的作品，《观众》开场部分就引入了"舞台上的存在"这样的敏感话题。前来拜访"露天戏剧"导演的三个男人试图说服他在舞台上向观众展示"坟墓里的真相"，导演对此予以坚决拒绝，并坚持要维护"露天戏剧"的传统。但访客中的男人甲却明确指出"露天戏剧"舞台的虚假性，要求导演将生活的内在真实搬上舞台，而导演对此表现出犹豫和纠结，他与后来闯入的白马们和男人们之间的对话便是他自己内心不同层面之间冲突的表现。当他在这种冲突中最终认识到"露天戏剧"舞台上各种表象的虚假时,他下决心要在舞台上展示"地下戏剧"——真正的戏剧,尽管他还心存对"面具"力量的畏惧,但内心的冲动已经推动着他迈开进入"地下"的第一步。随着具有透视功能的屏风在舞台上摆开,导演自己也成为他所要展示的存在的一部分,从屏风后面走过,剥下一层又一层的面具伪装,直到向观众展示一个真实的"自我"。

在随后几场表演中,舞台上的人物形成了两个阵营,为要将"露天戏剧"还是"地下戏剧"搬上舞台各自为战。在第五场中,作者再一次通过舞台上的人物来表现自己对戏剧展现生活真实的思考。将这种思考形象化的是学生、女士和男孩甲,所有这些人物都属于作品中客观的层面,即反映现实的部分。面对戏剧表演中朱丽叶这个人物身上所发生的变化,每个人都发表了自己的观点,代表了对"真相"的不同理解。其中,男孩甲发现了"虚假的破绽";女士们则希望在舞台上保留"露天戏剧"中的种种存在,代表传统社会所固有的种种偏见；而与她们相反，学生们支持"地下戏剧"中所发生的一切，热烈地表示想要看到"坟墓中的表演"，强调戏剧作品的根本内容。在他们看来，以这个根本内容为基础，表演形式上的外在变化非但不会改变作者的初衷，反而会以一种反传统的姿态来揭示作者希望展现在舞台上的最本质的真实。在《观众》中，这种外部形态的改变便是洛尔迦用来表现"爱情的纯粹偶然性"的手段，也是舞台上的存在从表象转化成内在本质时所必需的过程。

经历了各种复杂的转化过程，导演最终到达了"地下"，为观众展示"真正的戏剧"，但观众不能接受存在的表象就这样被彻底揭开，赤裸裸的真相违背了他们所习惯的社会规范，因此，他们用世俗的力量竭力消灭舞台上一切与"地下戏剧"相关的痕迹。在第六场中，导演与主张"露天戏剧"的魔术师之间又进行了一场关于舞台呈现的辩论。在代表着虚假戏剧强大力量的魔术师面前，导演仍然极力坚持舞台上的表演要达到存在的底层，去表现

"坟墓中的真相"。导演认为，人内心最隐秘的力量总是趋向于去探究存在的本质，而需要被表现的戏剧真实要求舞台上的表演要符合事实的发展过程，以使表层到内核都呈现出存在的本来面目。他的这种观点让他站到了魔术师的对立面，并最终被魔术师所消灭。

"存在的虚假性"作为洛尔迦要表达的一个主题贯穿于整部作品，而"面具"是被洛尔迦用来表现这种虚假存在的主要形式。对洛尔迦来说，"面具"是"露天戏剧"的主要特征。真正的戏剧应该拒绝"面具"，就像男人甲所做的那样。作为"地下戏剧"中最真实的人物，男人甲在强调自己的身份时说，"我可没有面具"，这句话带有双重含义，它在反映戏剧真实的同时，也表现人物个人存在中对虚伪和欺骗的排斥。然而，在一个充斥着面具的世界中，一个暴露出自己真实面孔的人将成为整个社会攻击的对象，因为他会发现，在生活中，面具的力量无处不在，它象征着社会的传统，在它面前，有时人们不得不屈服，就像导演所表现的那样，在开始"地下戏剧"的演出之前，他顾虑重重，在对待自己的感情时，他不敢像男人甲那样公开而坚定地表达自己的爱情。男人甲将他对导演的爱情的真实性建立在没有面具的事实上，也就是说，建立在他们关系中丝毫不存在虚伪的基础上。然而，面具的力量是巨大的，它的压迫往往会带来悲剧性的结果，对社会不妥协所带来的后果真实地呈现在社会生活中。从这里，我们可以看到，作者用作标题的"观众"，正是社会传统最具有代表性的群体，这些资产阶级的观众坐满了那个时代商业演出的剧场，用戴着面具的眼光去观看戏剧带给他们的同样戴着面具的一种存在，在认同的愉悦中找到满足，而根本不懂得去接受哪怕只有一次展现在舞台上的"最纯净的真实"。

面对面具所象征的"露天戏剧"的传统，作者将挽救舞台上真实存在的希望寄托在爱情上，企盼着爱情能勇猛地冲破服装的束缚，并赋予它们以新的形状，用这种方式，作者将戏剧所表现的形式上的改变转化成为一种内心的信念，即对爱情的偶然性的坚信不疑。为此，洛尔迦在《观众》中着力突出了另一个重要的主题——爱情主题。

在洛尔迦的诗歌和戏剧作品中，"爱情"一直是占据重要地位的主题。在《观众》这样一部探讨戏剧真实与虚假的作品中，爱情仍然在多重主题结构中凸显出来，成为吸引观众注意的中心。但是，同洛尔迦在大多数作品中所表现的爱情一样，《观众》中的爱情也表现成一种在世俗传统力量下被压抑的情感。在一个由面具主宰的世界里，作为人们内心隐秘冲动结果的爱情偶然性只能隐藏在重重表象下的角落里，而无法为那些不断挣扎来寻求内心拯救的人提供突破面具重围的出路，因而也就只能变成一种镜花水月中的幻想。

在第二场"罗马废墟"的表演中，两个颇具反传统意味的角色——"铃铛人"和"葡萄人"——在歌舞中表达对彼此的爱恋，暧昧的对话中充满了各种与情爱相关的意象,但随后而来的剧烈冲突则让爱情的表达走向另一个极端,变成相爱双方的一种没有出路的争斗。当然,这种不同一般的爱情关系在《观众》中有着更为深刻的意义,舞台上的铃铛人与葡萄人正是由于不具备异性恋情的可能,才开始寻求实现同性恋情的出路,对于这样一个在现实生活中可望而不可即的目标,他们的寻求只能是一条没有尽头的道路,表现在舞台上,就成为爱情双方无奈而绝望的争斗,这样的争斗同时也意味着一种甜蜜而痛苦的挣扎,这种挣扎来自人物内心最真实的冲动,只不过在一个以虚假和欺骗构成的世界上,这种挣扎起不到任何作用。

作为被迫要隐匿在内心最深处的情感,同性之爱往往会遇到了更多的障碍,在《观众》中,洛尔迦对这些障碍的来源在广度和深度上都进行了一定的展示,其中,最大的障碍还是来自"面具"。"面具"的力量主要体现在两个方面:一方面,社会的道德规范形成外部的压力;另一方面,"超我"

否定内心的真实冲动,构成一种自我欺骗。此类重重障碍的设置,最终导致剧中人物对这种爱情形式追求的失败,"地下戏剧"中扮演罗密欧的三十岁男人和扮演朱丽叶的十五岁男孩都在观众发动的骚乱中死去,作为真相的一部分,同性恋的因素被从舞台上彻底消除,虚假表象控制下的舞台将不会再容忍这一因素的存在。

随着《观众》的剧情发展,对爱情关系的表现扩展到了剧中其他人物的身上,但不管是异性之间的示爱,还是同性之间的恋情,最后都没能得到真正的实现,没有性爱的满足,没有结合的可能,得到的只有失落和永远的孤寂。从存在主义意识形态的角度出发来考虑,这些爱情"可望而不可即"的性质都来自存在的易变性。在洛尔迦看来,现实所表现出的这种易变、游移的性质决定了一切存在的不确定性,在这种不确定性中,人们的内心就陷入了在多个"面具"之间周旋的游戏,用不同的面具来对抗生活的无常。

在经历对异性恋情与同性恋情的探究和展示后，洛尔迦试图带给观众一种没有形式束缚、只有本质存在的爱情，让这种"赤裸裸的爱情"来拯救被"面具"威胁的人。在这条寻求爱情的道路上，他似乎已经走到了尽头，但这仍然是一种镜花水月的情感。当爱情所附着的形式被逐个否定、逐个消灭后，爱情本身也只能像剧中的朱丽叶一样被埋葬进深深的坟墓，陷入无尽的黑暗和孤寂中，一切试图使她获得解放的意图都会被无情镇压，就像在舞台上死去的"红色裸体人"，为了拯救爱情、拯救真相而流干了鲜血。

了解了《观众》的多重主题的特点，我们就会发现，"爱情"实际上与作品所要表达的另一个主题——"真相"有着密不可分的关系，是为了表现"真相"而追加的一个主题。既然"爱情"作为作者所要表达的"真相"的一部分，其结局是成为镜花水月的幻想，那么作者对于"真相"的看法也就显而易见了：在舞台上揭示"真相"与在舞台上表现真实爱情一样，不过是理想中的"乌托邦"。

　　从前面我们对"存在"主题的分析中可以看出，现实存在与发展的所有层面都是虚假的，而那些最显著的现实，由于处在所有表象的最外层，也就成了最虚假的部分。《观众》同样也是由不同层面组成的一部作品，它通过舞台展现不同层面的存在之间的转换和冲突，而在表现这些冲突的发展过程中，每一步都在体现两种力量的较量：一种力量在不断试图暴露出现实的每一个层面最深处的真相；而另一种力量则不惜一切代价来掩盖和摧毁被揭示出来的真相。第二种力量通过舞台上的众多人物不断加以传播，最终以"面具"的具体形象出现在表演当中。作为一个以"隐藏"为主要特点的形象，"面具"在《观众》这部作品中的具体表现有着不同的形式。有时，面具是人们用以隐藏自己最真实状态的屏障，从这个意义上说，舞台上所有希望掩盖自己真实意图和倾向的人物都成为"面具"的奴隶或干脆成为"面具"的一部分。除了这种情况,"面具"还代表了一种被迫或自愿进行的带有纠正意识的"审视",这种"审视"压制一切本真、自然的外在表现,来源于迫使人们生活在谎言中的心理和社会因素,在《观众》开场时,导演对白马们和男人们建议的断然拒绝就是出于这种自我审视的意识,在这种意识带来的压力下,导演迟迟不敢开始自己对戏剧的大胆革新。

尽管作者已经认识到真相不过是一个"乌托邦",但他仍然要把揭示真相的"地下戏剧"搬上舞台,并将这种信念通过导演对上演真实的《罗密欧与朱丽叶》的那份坚持传达出来。舞台上《罗密欧与朱丽叶》的最终失败是洛尔迦对自己真实的戏剧命运的预判。作为一个有着敏锐洞察力的剧作家,洛尔迦对以资产阶级为主体的观众群有着深刻的认识,并将这个观众群对"真正戏剧"的反应真实地再现在舞台上。这个观众群所代表的社会在阻止一切撕去伪装的行为,用冷酷无情的手段来消灭一切体现出"真相"的痕迹,在这样一个社会环境中,"真相"只能隐藏在千万层表象的下面,成为一个永远不可企及的理想。

如果说"面具"主导了现实中的各个层面,那么这就意味着表象战胜了本质,虚假战胜了真实,意味着表演与生活融为一体。从这个角度出发,我们可以去认识洛尔迦在《观众》中所表现的关于"戏剧"的主题。对于"戏剧"这个概念,《观众》这部作品给出了多重含义的诠释。首先,作为以"表演"为基础的艺术形式,戏剧所遵循的是从观众的评判中得出的标准和规范。与此类似,每一个人的生活也是处在一种审视的目光下,这种目光既可以来自他人,也可以来自每个人自己的内心意识。于是,生活就变成了一场"表演",在一个任何人都无法逃离的舞台上不断地持续下去,直至"死亡"这个终场的来临。作者对戏剧的这种认识,在第三场通过朱丽叶与男人们的对话得到了体现。在这一场景中,朱丽叶要求关上剧院的大门,好阻止那些会再次打破平静的人走进坟墓,但男人乙回答她说,"剧院的大门从来都不关"。永远不会关闭大门的剧院就是我们所生活的世界,任何人都可以进入这个剧院来观看舞台上的演出,我们不可能从审视的目光下逃开,也就不可能从"表演的规范"中解脱出来。除了外界强加的这种规范,来自内心"超我"层面的"自我审视"也在控制着那些最隐秘的情感经历。由此可见,生活每时每刻都在一个开放的舞台上进行,任何人都无法躲开一种观察"目光"的监视。从这个意义上说,"观众"实际上也是我们内心各个层面意识的代表,欲望和自律的力量随时可以进入内心世界这个舞台的表演中来,成为演员和观众,就像代表导演欲望的白马和男人们,在全剧开场就进入舞台,成为导演戏剧作品的观众。即使是在内心最隐秘的层面上,也存在这种"表演",这是任何人也不能否认的,男人甲对这一点的揭示最终推动导演迈向"地下戏剧",他被迫放弃逃避的态度,同其他人一样进入自己的舞台,在"观众"的注视下完成自己的戏剧。

这种将生活与戏剧相融合的倾向在《观众》的第五场中表现得更为明显，随着作为背景的骚乱的持续，无论在戏里还是戏外，现实与舞台表演都发生了程度不同的结合，在由乐池、天窗、幕布、活板门这样的舞台元素构成的表演空间内，还出现了突破传统戏剧逻辑限制的现实背景元素，例如，一所大学的校门、通向大剧院包厢的拱门、一条小巷、一座钟楼、小丘、废墟、教堂等，所有这些来自现实存在的元素都随着舞台上人物的行动或语言，成为舞台戏剧空间的一部分。同样，舞台上的人物，不管是不是以观众的身份出现，都置身于一个被包含在戏剧空间中的日常现实的范畴中，当然，也有一些游离于这个"现实"以外，身处于其他空间维度中的形象：红色裸体人、小偷、护士、法官、修辞学教师等。这一切都说明，在我们所处的戏剧——生活的世界中，戏剧并没有被定义成一种需要被拯救的对象，而是被看作一种现实的再现或象征，是一种"生活的场景"。

从这种观点出发，由导演发起的戏剧革命就有了更深一层的道德和社会意义：戏剧将它的微观宇宙中的问题和冲突加以扩展，使它们成为宏观世界中具有普遍意义的问题和冲突，正因为如此，戏剧也会受到现实生活中伦理道德规范的约束，而戏剧所表现的人们的生活也因此受到各种规则的压制。当人们从完全真实的"自我"出发去寻找充满活力的生活道路时，这种约束会给他们设置重重障碍，阻挡他们的脚步。正如我们所知，所有这些对"戏剧"的看法归结到一点，就是一切戏剧都因其所具有的"伪装"特点而成为心理、社会和现实的再现，正是由于这个原因，一切试图表演真实戏剧的企图都被虚假和欺骗击得粉碎，"地下戏剧"面对代表了"面具"利益的"露天戏剧"，它的结局只能像它的导演一样，最终死去。

《观众》这部作品就这样为我们展示了一种近乎疯狂的戏剧空间变化和人物变形，以及对各种形象寓意超乎想象的运用，这些因素使得《观众》成为洛尔迦先锋戏剧中最为大胆的作品，在这部作品之后，洛尔迦有影响的作品都在创作形式和内容上走上了另一条颇具现实主义风格的道路，但这并不意味着《观众》是洛尔迦超现实主义戏剧创作的终结，因为在《观众》之后，洛尔迦在《就这样过五年》里同样进行了一次超现实主义的"实验之旅"。当然，在后者中，洛尔迦并没有采取前者那样极端的风格和手法，戏剧空间和结构都变得很清晰，人物的塑造更趋于现实，为观众提供的视角也更接近于逻辑要求，但它仍不失为一部先锋实验的作品，在舞台设计、语言、表演等方面都显示出超现实主义的色彩。

从情节上来看，《就这样过五年》的故事非常简单：青年信守对未婚妻做出的承诺，在"就这样过五年"的等待结束后，满怀期待前往未婚妻家商讨迎娶之事，但未婚妻已不再爱他，移情他人，离开了他。青年想起在五年等待期间一直爱着自己的女打字员，决定再去找她，并尝试去爱上她，以免失去爱与被爱的可能。但这一次，女打字员却像当初的未婚妻那样，让他在等待中"就这样过五年"。全剧终场时，孤独的青年在家中迎来三名赌客，牌局中，暗喻命运之神的三个赌客打败了年轻人，赢走象征爱情的红桃A，也带走了他的生命。

第一幕中的场景是一个有着大窗户的书房，在超现实主义的作品中，窗户和阳台都是具有特殊含义的意象，它们通常都被用来表示一种探索和发现的可能性。舞台上的另一个空间层面是由装满书的书架来构成的，数量众多的书籍也承载着一种信息，暗示着被记录下来的历程、对逝去岁月的回忆和时间的欺骗性等通常被超现实主义艺术家们所关注的命题。这部以揭示人物心路发展为主要内容的作品，在开场时，一切都处在静止的状态，是一段漫长历程（动态）开始前的蓄势待发。在时间表现形式上，洛尔迦有意给出了一个确定的"钟点"的概念：六点钟。第一场开始时是六点钟，第一场结束时也是六点钟，时间从流动变得凝固静止，突出了作品对"运动"(历程)和"静止"之间关系的展现,而这种展现也恰恰体现了寻求的历程与时间之间的关系。通过青年与老者的一段对话,我们似乎可以领略其中的一些深意:"我一提'未婚妻',就会看到她不情愿地被笼罩在一片由白雪形成的粗大发辫包围着的天空里。……如果我开始想念她,我就会描画她,让她动起来,那么鲜活、白皙;可是突然间,不知是谁改了她的鼻子,弄断了她的牙齿,甚或将她变成另一位褴褛妇人,从我的脑海中经过,丑陋可憎,就像照着一面游乐园里的哈哈镜。"

未婚妻的"被白雪形成的粗大发辫包围"的形象意味着运动的停滞。当她开始动起来时,她获得了生命和活力,但这种运动也让她的形态发生了改变,变成了另外的样子,于是青年在两种选择之间犹豫不决:是让未婚妻动起来以便让自己来创造她的形象("我会描画她"),还是让她处于静止以避免形态的改变。青年需要未婚妻来使自己还未完全成熟的生命更为完善，正像处在创作中的艺术家，需要通过形象的创造来完善自己的作品价值。

人物戏剧动作的内外同步性也是具有超现实主义特点的典型因素。当青年已开始心理活动时，观众们同时在舞台上看到主人公潜意识的外化形象，而青年通过在不同舞台空间层面之间的转移，退居到观众们对舞台的视线焦点之外。此时，舞台上出现了亡童和猫。孩子通常是生命力的化身，而猫则代表了与"性"相关的形象，但舞台上的这两个形象都失去了自身形象所暗含的意义，因为两者实际上都已死去。从孩子颇具诗意的表白中可以看到，他们两个都处在朝向死亡的永不停息的运动中，而两者的对话也表明了他们对"停止"的恐惧，因为对他们来说，"停止"就意味着最终的彻底消亡。第一幕结束时，舞台上出现了一只巨手，将孩子带走。"巨大的手"是超现实主义艺术家们偏爱的符号，它是"主宰"的象征，在这里既可以是促使运动开始的推动者，也可以是终止这种运动的扼杀者。

在接下来的场景中,青年、第一位友人、第二位友人和老者之间的行为和对话,仍在反复暗示运动、活力与静止、死亡之间的纠结和拉扯。两个朋友实际上是青年心理的一种折射,代表了他竭力想糅合起来的思想上的两个碎片。

于是,在第一幕中,洛尔迦通过两个层面空间的同步存在,表现了"运动"与"静止"、"生命"与"死亡"这样两组概念之间的关联,同时,在"开始运动"(历程)与"停滞静止"这样两种愿望之间确立了一种对立的关系,并让这种对立成为构成戏剧张力的一个因素。在这一幕中值得一提的还有那些出现在舞台上或人物语言中的人物,通过他们的作用,我们可以看到作者对于超现实主义因素的一些灵活运用。除了老者和未婚妻的父亲,第一幕中的所有人物都被确定与主人公"青年"有着密切关联,因他的存在而存在。戴着夸张金边眼镜的老者和对星象学感兴趣的未婚妻之父其实代表了一个形象的两个方面，意味着一个历经沧桑的人对生命的认识具有"盲目"（眼镜）和"清醒"（星象学）的二重性。其他人物则都是附着在主人公的个体存在之上的角色，都不具备强烈的个性：两个朋友，是对主人公"青年"个人性格的两个不同方面的映射；女打字员，暗示了青年从事写作的生活特点，同时也暗示他人生拥有其他方向的可能；未婚妻，虽然没有出现在这一幕中，但是对年轻人来说至关重要的角色，因为未婚妻的存在是对青年内在自我的完善；仆人胡安，这个在全剧中唯一拥有名字的人物似乎有着更高层次的洞察力，他能够意识到舞台上的追寻不过是梦境中的游戏，他也是唯一能够在一切停滞的环境中仍然保持着时间观念的人物，他的身上存在着一定的带有超现实主义含义的特征：他打扫卫生，保持整洁，当噪音和骚乱侵入房子，会迅速恢复秩序，诸多行为似乎在表示他同样有能力去终止舞台上的行动而不会受到直接的冲击和影响，因为他并不是行动的推动者，也不是活力和能量的来源；最后是主人公"青年"，这并不是一个完全来自现实世界的人物，他的身上并没有非常明确的性格特点，这是因为他的内心经历和心理层面都通过与他相关的其他人物展现在舞台上，但有一点可以认定，作为全剧的主人公，青年才是舞台上一切运动过程的推动者，也是为寻求使自己生命完满的因素而开始艰难心路历程的主角。

我们再来看看全剧的最后一场（第三幕终场）。这一场的场景仍然被安排在青年的书房里，但是增加了披在模特身上的一套新娘礼服。舞台上还散放着几个打开的箱子和一张桌子。这些箱子的存在在视觉上造成了一种旅行结束的效果（心路历程的终点）。青年的形容枯槁和他的言语都在暗示这场旅行的失败。而仆人胡安的入场虽然短暂，但也显示了他对青年的控制和影响，以及他维持秩序的能力。在这一场中，有很多与"窒息""绝望""愤怒"等感觉相关联的意象。在全剧终场的场景中也充满了象征"死亡"和"停滞"的符号，作者的场景色彩运用以黑、白为主，其意图在这些符号的映衬下也不言自明了。舞台上的人物都变成了他们的服装，喻示形式在此刻大大超过了本质。舞台上开始了一场牌戏，所有参与者关注的只是游戏的形式与结果，而结局就像一场仪式，颇具象征意义和视觉冲击力：游戏者向着一张扑克牌上的红心射击，意味着他们在杀死一个在追寻过程中停滞下来的旅者，他的内心已经完全凝固，就像一张方正、毫无生气、一动不动的扑克牌，正中的红心已如死灰，终将遭到射击。全剧的终场，舞台上只留下了垂死的青年，他最后还能借助的一点活力来源只有他自己的回声，随着青年的颓然倒下，贯穿全剧的"历程"终于完全停滞下来。

在《就这样过五年》中，带有实验性质的戏剧因素已经构成了一个相互关联的系统，在舞台上呈现出立体化的展示。与《观众》相比，这部作品所表现的构成戏剧整体的各个元素被更为灵活地分解或融合，具有更大的可识别性。通过独特的语言与动作的呈现，观众们可以感受到舞台上的人物都在为找到自己确定的角色而不断追寻，他们想承担唯一角色的愿望显得更为迫切，这也就使得舞台上的戏剧性体现得更为强烈。可以看出，洛尔迦希望通过这部作品展现的是现代社会里处在不断运动中的人们心灵和思想上的停滞。一个人在不断寻找他的角色，就像一个演员在不断寻找他的面具，但最后他们都将无法找到"自我"，而是成为空洞中一尊静止不动的塑像。

　　洛尔迦在结束了《观众》和《就这样过五年》的创作之后，似乎忘记了他所从事过的这些实验性的创作，又回到一种以现实主义为主的创作轨道上去。正是基于这一点，人们总是习惯于将洛尔迦创作中的超现实主义看作一个区别于其主流创作的相对孤立的部分。但是，我们应该看到，超现实主义从来不是，也没有试图成为一种解决问题的答案，它只是在激发人们去寻找认识真实自我的方式，是为当代艺术开辟新途径的关键。从洛尔迦创作的具体情况来看，他的先锋时期的创作为其他作品提供了非常重要的艺术基础，尽管从戏剧结构和技巧这些表面现象上看，洛尔迦成熟期的作品和早期先锋派作品处在了两个迥然不同的风格领域，但是如果深入作品的深层内容去研究，就会发现，它们之间存在着一种创作精神上的一致性，作者的后先锋时期的创作对二十世纪三十年代初的这几部作品有着难以忽略的承接关系。因此，洛尔迦先锋时期的作品不应该被看作一个游离于整体创作之外的点，而是应该被看作漫长过程中的一个关键环节，纳入洛尔迦戏剧世界的整个创作体系。

卜 珊

二〇二四年一月